Jean-Bernard Pouy

La Belle de Fontenay

Gallimard

Prix du Polar 1989, trophée 813 du meilleur roman 1992, prix Paul-Féval 1996, Jean-Bernard Pouy est un auteur inclassable, inventeur de génie de constructions romanesques rigoureuses, à la fois tendres et féroces, passionnantes et drôles. Il est aussi l'une des figures les plus remarquées du roman noir français contemporain. On lui doit notamment *La belle de Fontenay*, *L'homme à l'oreille croquée*, *Nous avons brûlé une sainte*, *RN 86* et *Spinoza encule Hegel*, tous disponibles en Folio Policier.

Comme beaucoup sans doute, je cherche un équilibre et je me fais l'effet d'être un campeur qui dort sur un terrain qui penche, d'où un certain malaise.

J.-C. PINSON
(J'Habite Ici)

à Iris

1

LES SEMIS

22 mars, un bon jour pour la patate.

Si les autres ahuris de Nanterre ont choisi ce jour-là pour changer toute une génération, c'est forcément un bon anniversaire pour planter des pommes de terre.

Il fait frais, il y a encore, dans l'air, un peu de cette buée qui trouble les alentours et en gomme la netteté. Je distingue à peine la centrale électrique qui miroite, glacée, derrière la gare de triage. Le Plateau d'Itry, vert foncé, strié par les cités, ressemble à la silhouette usée, rabotée, d'une énorme scie égoïne.

Va faire de la belle poésie avec la banlieue au petit matin, tiens, bon courage.

J'ai porté les deux sacs sur le bord du terrain. Et j'ai posé le sac de fumure sur le bord de la parcelle de Charles, elle est encore en friche, il est en retard, un lumbago doit saboter sa retraite. On n'a pas beaucoup de place, juste l'espace de se déplacer sur l'étroite allée de gravier entre deux jardins.

Je viens de terminer de creuser les quatre longues tranchées dans la terre meuble. Balancer le fumier et puis, tous les trente centimètres, mettre une petite pomme de terre qui, dans quelques mois, va me faire un kilo par pied.

En tout, j'aurais droit au quintal, pour mon petit automne personnel et pour mon grand hiver solitaire.

Du sac, j'ai sorti une petite patate un peu verte, entre le jaune et le kaki, quelques germes bleutés pointant à peine à travers la peau. Je lui ai fait un baiser tout à fait reconnaissant, chère purée, cher gratin, et je voyais déjà les harengs, et le saucisson chaud, je sentais déjà la muscade et le colin blanchi.

J'adore les patates.

Mais c'est toujours de l'ordre de l'angoisse métaphysique de choisir, surtout quand on les cultive, la race de ce tubercule qui a plus sauvé de vies humaines que la pénicilline. D'une décision prise en un rien de temps dépend le sort de presque toute une année. L'obligatoire c'est une pomme de terre à chair ferme, de longue conservation. Et là ça se complique. J'adore la Charlotte, mais elle ne se garde pas trop longtemps. Il y a aussi la Rosa, très jaune de chair, mais faut attendre septembre. La Ratte, bien sûr, Toto l'appelle la Quenelle de Lyon, la meilleure des patates avec la Noirmoutier mais, ici, elle pousse mal et donne peu. Moi, j'aime avoir des provisions pour les frimas, c'est un truc ancestral qui me reste de l'enfance, le cellier, avec les pommes qui se conservent au froid, et le raisin qu'on garde jusqu'en février.

J'ai failli me rabattre sur cette bonne vieille BF 15. Une facilité. Sans surprise. Le tout-venant.

Il y a bien sûr la Roseval… mais les patates à chair rouge, le sang, tout ça…

Alors j'ai deux sacs de semences de Belle de Fontenay, la Hénaut, verte et délicieuse, très ferme à la vapeur, je hais les frites, et, surtout, elle se récolte à partir de juin. Mais elle est fragile et c'est du boulot.

Ce n'est pas ça qui me fait peur, puisque j'adore ça, potager. C'est un verbe que j'ai inventé. Je potage. Nous potageons. Encore aurait-il fallu que je potageasse.

Ça me lave l'âme. Et c'est normal que, dans un jardin ouvrier, on bosse, c'est fait pour ça et pour ceux qui aiment ça, ceux pour qui la terre n'est pas basse, mais tout simplement bonne.

À partir de juin, sur le petit terrain, je mettrai autre chose, haricots, courgettes, radis, et tomates tardives. Je suis pour les trucs de base, et puis je n'ai pas beaucoup de place.

J'avais dormi la nuit dernière dans le cabanon, pour être d'attaque très tôt, et finir de les semer avant midi. Une petite nuit de printemps un peu frisquette, silencieuse. Sûrement.

La brume semble s'être un peu opacifiée, nappe blanche un peu épaisse qui ne doit laisser passer que les bruits forts, comme les trains qui ferraillent, à deux cents mètres, et qui ne se fait trouer que par des lueurs bien précises.

Des phares antibrouillard, au loin, un gyrophare de police, plus près.

Très près.

Qu'est-ce qu'ils foutent là les flics, si tôt ? Des gosses qui déconnent sur la voie ? Un accident ?

Moins je les vois, ceux-là, mieux je me porte. J'ai trimballé le sac de semences au bout de la première tranchée.

Maintenant, je voyais bien les petites lumières bleues tournoyant dans la brume. Un paquet de flics. Ils se font une attaque de Fort Alamo, ça doit les amuser d'animer le quartier avec leur descente au petit jour, on dirait presque qu'ils viennent vers les jardins. Je regarde autour de moi, il n'y a encore personne, les autres viendront plus tard. Les retraités, même s'ils ne dorment pas beaucoup, ont tout leur temps.

Il y a eu peut-être un vol… Ou du saccage… Je n'ai rien vu, en entrant par la petite porte de fer. Pas de bagnoles garées, pas de mobylettes. Des problèmes, on en a l'été, quand les banlieusards viennent, bille en tête, chourrer nos légumes. Mais pas maintenant. Il n'y a presque rien, sur les parcelles. Des poireaux, un peu d'ail, des plants de fleurs…

Je me suis redressé, frottant mes mains où un peu de terre collait encore. Dans ma peau, j'ai senti que quelque chose clochait, comme si une petite sirène intérieure, grelottant sans bruit, venait de se mettre en branle.

Je vois les bleus courir, au fond, sur l'allée principale. On dirait presque qu'ils viennent ici. Ils cherchent peut-être quelque chose. Ils poursuivent peut-être quelqu'un. J'ai trop vu arriver les poulets dans ma vie pour être réellement impressionné, mais, quand même, tout ça ne rappelle que des mauvais souvenirs, me parle d'une mauvaise mémoire.

Le premier des cognes s'est arrêté à deux mètres de moi, arme pointée vers ma tête, genoux fléchis.

J'ai levé les mains, une bavure, ici, au petit matin, dans les potagers, va prouver quoi que ce soit.

Un autre s'est jeté sur moi, m'a palpé vite fait, m'a renversé sur un des sacs de patates, me plaquant violemment dessus, un genou dans le dos.

J'ai alors vu les autres s'avancer vers les grands bidons bleus où l'on stocke la flotte de pluie. Ils se sont retroussé les manches. À trois, je les ai vus tenter de sortir un grand truc de l'un des fûts qui m'est réservé.

Qu'est-ce qu'ils croient, que je planque des armes dans les arrosoirs ?

Jusqu'au moment où j'ai réalisé sur quoi ils s'escrimaient, les argousins.

Ils tiraient sur des jambes.

J'ai vu deux pieds nus, des petits pieds, un jean presque noir, déchiré, roulé autour des genoux. J'ai eu un haut-le-cœur. Dans le silence presque complet de mon crâne, j'ai ressenti ce hoquet, très net.

Et puis, comme ils ne parvenaient pas à sortir le tout, ils ont renversé le bidon. Toute la flotte a coulé et dévalé dans l'allée, courant vers mes pieds, mouillant le fond du sac à semences. Ils ont tiré le corps par les jambes.

Même de loin, malgré son visage déjà bouffi par l'eau croupie, malgré les copeaux de rouille collant à ses cheveux blonds, j'ai reconnu Laura, la petite Laura.

Je me suis débattu pour aller près d'elle, on m'a donné un violent coup sur l'épaule.

Alors je n'ai plus bougé.

Un flic est reparti, puis est revenu, l'air agité. Il m'a regardé d'un sale œil, mais, en même temps, avec une sorte de condescendance.

Ils se sont parlé entre eux. On m'a relevé, je sentais, sur mon dos, mon cou, mes épaules, leurs mains qui devenaient un peu plus douces, presque compatissantes, ce genre de trucs je le sens bien, bizarrement, le coupable, tout à coup, on semble le cajoler, et puis on m'a emmené.

Du côté opposé au cabanon, à Laura.

J'ai regardé mon sac de pommes de terre. C'était presque comme si je quittais ma famille. Je n'ai pas d'enfant, moi. J'aurais presque pu me mettre à sangloter.

*

J'ai bien attendu deux heures dans un bureau surchauffé du commissariat d'Itry. En face de moi, un flic est resté assis, me fixant, presque sans ciller, pendant tout ce temps. Une vraie statue de flic. Ça devait être de la préparation psychologique. Il a réussi, car, petit à petit, je me suis calmé, en m'en tenant à ses deux paquets de sourcils qui se rejoignaient inexorablement au-dessus de son nez un peu jaune, j'ai pensé un peu moins à Laura et les images de son visage un peu bleu constellé du brun des lamelles de rouille se sont estompées. Le chagrin que j'éprouvais, cette sorte de détresse, devenait plus flou, il n'y avait plus beaucoup de visions auxquelles je pouvais me raccrocher, je ne savais pas grand-chose, je n'arrivais pas encore à me rendre compte qu'elle était morte. Je pensais même à son suicide possible, mais je n'y croyais pas, une gosse aussi marrante que ça. Mon esprit s'est exclusivement tourné vers le futur, les possibles. Qu'est-ce que je foutais là, qu'est-ce que c'était que cette histoire, je ne parvenais pas à mettre les bouts avec les bouts, à faire des lignes droites. Ce n'était que du zigzag, ou du mou de veau, au choix.

Et puis un gros mec costardisé est entré dans le bureau. À sa manière de jeter le dossier sur la table, j'ai compris qu'il était chez lui, c'était comme s'il bouffait tout l'air ambiant d'un seul coup. Le commissaire Gaillet. J'avais lu son nom sur la porte, une petite plaque de plastique gris gravée à la va-vite, pas comme une plaque d'huissier, ou de notaire.

Il était entré dans la pièce suivi de deux sbires du même acabit, dont les démarches, les regards, le fin sourire convivial annonçaient l'élégance subtile d'un tabassage maison.

Il commençait à y avoir du monde dans le burlingue, j'ai pensé brutalement à une scène des Marx Brothers.

Le chef m'a détaillé en soupirant. J'ai senti son haleine, même à presque deux mètres. Gauloises, fatigue, angoisse. Bière aussi, et ça, il n'y a pas longtemps.

Il m'a regardé encore. Décidément, tout passe par le regard, ça doit être une nouvelle consigne maison. Puis il s'est mis à griffonner sur un bloc. Nous y voilà. Il a déchiré le bout de papier et me l'a tendu :

ON FAIT COMMENT ? il avait écrit en caractères majuscules, le genre à penser qu'un sourd-muet doit être un peu débile, donc pas très bien lire, donc autant écrire gros.

D'un geste, j'ai demandé son bloc de papier et son crayon. Ils m'ont enlevé les menottes, je me suis frotté les poignets, comme dans tous les bons films, mais ça me faisait réellement mal, j'ai pensé à ce jeu d'enfant qu'on appelait le « bracelet indien » et puis, j'ai écrit :

SI VOUS ATTENDEZ QUE JE PARLE, ÇA RISQUE DE DÉPASSER LA GARDE À VUE.

Il m'a jeté une œillade feuilletonnée télé, le genre grand flic compréhensif qui peut à tous moments te balancer un gifle paternaliste. C'est alors qu'un de ses spadassins s'est assis bien en face de moi et s'est mis à agiter les poignets en faisant des grimaces.

Je l'ai arrêté tout de suite, en levant la main, j'ai repris le bloc et j'ai écrit :

JE SUIS ESPAGNOL PAS ITALIEN, JE NE PARLE PAS AVEC LES MAINS.

Il a lu mon fin message et a écrit à la suite :

JOUE AU CON VIEUX SALAUD.

Bon, le ton était lancé. J'ai repris le papier, penaud.

J'ai effacé tout sourire de mes lèvres. Jouer le type impressionné.

JE N'AI JAMAIS APPRIS L'ALPHABET PAR SIGNES. MAIS JE PEUX LIRE SUR LES LÈVRES, SI VOUS PARLEZ LENTEMENT. JE PEUX ÉCRIRE. JE PEUX AUSSI TAPER À LA MACHINE, ÇA VOUS ÉVITERA DE PRENDRE MA DÉPOSITION.

Je lui ai donné le papier, il l'a lu à toute vitesse, l'a passé au commissaire, qui l'a lu également, qui a poussé son adjoint, avec la brutalité bon enfant du Chef, qui s'est mis en face de moi, me fixant dans les yeux, moi je regardais sa bouche.

— Avoue que tu l'as tuée, ça ira plus vite, il a dit lentement, en torturant ses lèvres.

Sur le bloc, j'ai écrit :

JE NE PARLERAI QU'EN PRÉSENCE DE MA VODKA.

Ce n'était pas pour faire systématiquement de l'humour vaseux, mais, avec les flics, faut annoncer la couleur. J'ai l'habitude, ce n'est pas la première fois que j'ai des rendez-vous galants avec eux. Ça s'était calmé depuis quelques années, mais ce genre d'expérience ne s'oublie pas, ça s'accumule, plutôt. La technique de base consiste à ne pas paraître tout de suite impressionné, voire traumatisé, il faut plaisanter et rigoler le plus longtemps possible pour les laisser s'énerver, généralement on se prend une baffe d'emblée, comme ça, après, dès que vous semblez faire la part des choses et avoir l'air de parler ou de répondre sérieusement à une question, ils y croient un peu plus. On peut facilement mentir, de cette façon. Là, je n'avais rien à cacher, je n'avais qu'à me défendre. Donc, il me fallait vanner le plus longtemps possible, quitte à simuler un effondrement général dans un petit moment.

— Bon, il a dit.

Il a fait un maigre sourire, a soupiré suffisamment fort pour que je sente encore sa tramontane odorante passer sur mon visage, et s'est mis à discuter le coup avec ses collègues. J'ai entendu ce brouhaha un peu particulier que provoquent dans ma tête, en résonance, les voix et les bruits, je ne les entends pas, je les sens, des vibrations, de petits chocs venteux, un peu comme des crépitements électriques, des tressautements sur tous les os de mon crâne. Gaillet s'est mis à fouiller dans le dossier qu'il avait jeté sur la table, a sorti une feuille et me l'a tendue : je me suis mis à lire mon propre portrait, dressé avec le style délicat et réducteur des Poulaga People. Mon Who's who. Je savais que j'étais fiché, depuis longtemps, les RG me collent aux fesses tout en n'ayant plus rien à se mettre sous la dent depuis une dizaine d'années. Mais enfin un costard, c'est un costard.

Enric Jovillar

né le 2 janvier 1929 à Tercuy, Catalogne, Espagne

orphelin

arrivé clandestinement en France avec sa sœur Emma en mars 1938

réfugié politique (septembre 1938) (Préfecture d'Agen)

naturalisé français le 10 juillet 1947

militant anarchiste (affilié CNT), activiste,

quatre condamnations (dont une de six mois ferme en 1974)

amnistié en 1981

handicap, sourd profond, accident de jeunesse, muet par contamination

célibataire

agent de maîtrise de 1952 à 1964 aux ateliers SNCF d'Itry, puis rédacteur à *La Vie du Rail*, syndiqué, préretraité en 1984.

Le commissaire Gaillet, tapant dans ses mains, a attiré mon attention et s'est mis à parler doucement, agitant une autre feuille.

— Ce n'est qu'un résumé, il a dit.

Comme si je ne le savais pas.

Il devait y avoir aussi un complément de fiche un peu plus long, disant peut-être que j'étais un bagarreur, un emmerdeur de première, un violent, un tueur dans l'âme, un psychopathe, peut-être la réincarnation de Jules Bonnot, solitaire et désespéré, le profil du terroriste moyen. Il devait y avoir aussi le témoignage de quelques flics à qui j'avais tenu tête pendant qu'ils me la mettaient au carré. Enfin, quand j'étais plus jeune… Mais ça me faisait tout drôle de voir que cette fiche technique voulait pouvoir contenir une quelconque réalité. Intérieurement, j'ai commencé à m'énerver un peu. Bon, j'étais là depuis un moment, sans trop savoir pourquoi, mais je me doutais du but de cette invitation, j'avais passé la nuit dans le cabanon, et personne pour prouver et constater la qualité de mon sommeil, Laura, c'était une copine, elle venait souvent me voir, dormait quelquefois dans la cabane à côté, celle de Toto, lisait des heures entières pendant que je jardinais, allongée à demi nue, l'été, dans le petit carré de terrain en friche, car Toto ne venait plus et on gardait jalousement sa parcelle pour la donner à quelqu'un qui la mériterait vraiment, Toto, on le nommait comme ça parce qu'il s'ingéniait à faire pousser des légumes paradoxaux, comme des topinambours, ou les crosnes de l'Hurepoix, et ce genre de mec, qui aime vraiment le jardin, ça ne court plus les rues, et on s'embrassait, très fort, avec Laura, quand elle partait, cette petite fille je l'aimais vraiment, et les potes, au jardin, me voyaient souvent la serrer convulsivement dans mes bras, alors je me suis dit, ça va être serré. Ils n'ont aucune preuve, mais vont m'en faire baver un maximum.

Je me suis dirigé vers la machine à écrire.

Le commissaire a dit à son argousin de bouger son cul du coussin de skaï et je me suis mis à taper, et ça m'a fait du bien, c'est une chose que je sais faire, que j'ai aimé faire :

Tout est essentiellement vrai mais existentiellement faux.

Les fascistes ont tué mes parents, à Barcelone, et la guerre m'a rattrapé dans le petit village de Saharis où ma sœur veillait sur moi avec l'aide du curé, eh oui, pour un anar, ça semble rigolo, mais c'est comme ça. Ce qui n'est pas drôle, c'est, à 9 ans, d'être alors tiré comme un lapin. Une balle de fusil, fabrication italienne, m'a traversé le crâne. Depuis, je n'entends plus. Ma sœur m'a porté sur ses épaules, malade et sanglant, pour traverser les Pyrénées. J'ai d'abord été soigné à Puig Cerda. Puis nous sommes repartis à pied.

Et, c'est dans le Lot-et-Garonne que ma sœur a trouvé une place de bonniche chez un pharmacien qui nous a cachés pendant votre guerre à vous. C'est là que j'ai désappris à parler, et depuis, je n'émets que des grognements qui en disent long sur ce que je pense de cette chienne de vie.

Cela dit, j'ai fait des études. Même si je ne suis pas bon à l'oral, je me défends à l'écrit. Vingt ans de journalisme dans le meilleur journal du monde. La preuve… Cherchez les fautes d'orthographe, tout le monde ne peut pas en dire pareil.

Je suis devenu anarchiste par antifascisme, et ça se comprend.

Pourquoi les anars ?

Votre grande maison le sait bien, je l'ai « dit » cent fois à vos juges.

Foutez-moi une bonne fois la paix.

Gaillet lisait par-dessus mon épaule, au fur et à mesure. À la dernière phrase, il m'a tapé violemment sur le haut de l'épaule. La Japy a morflé, j'ai enfoncé le m, le p et le o et il a fallu tout décoincer. Il m'a retapé sur le haut du crâne pour que je m'y remette. Mon genre de littérature semblait le tenir en haleine.

Hier soir j'ai dormi dans le cabanon, j'y suis arrivé vers 19 h 30, c'était pour planter mes patates tôt ce matin.

J'ai dormi.

Ne me demandez surtout pas si j'ai entendu quelque chose, ce genre d'humour me rentre par une oreille et me ressort par l'autre.

Et ce matin, vos amis m'ont gentiment invité dans votre grande maison.

Faudrait faire vite car mes patates attendent.

Gaillet m'a méchamment soulevé de mon fauteuil en me prenant par le col de la chemise, me remettant sur le siège devant son bureau, s'est planté devant moi et m'a dit, martelant ses mots, je sentais qu'il s'était mis à crier, y avait des postillons qui sortaient de sa bouche et son faciès était généralement crispé, il était à deux doigts de la crise d'hémorros :

— Tu arrêtes de déconner. Tu es suspecté de meurtre, sans doute avec violences sexuelles…

Tout à coup j'ai repensé à Laura et j'ai repiqué du nez. Je l'avais un peu oubliée, la fifille, avec tous ces flics que je ne peux pas respecter, que je me sens obligé de haïr, c'est comme ça, c'est plus fort que moi, c'est devenu une habitude. C'est vrai. La petite.

— Laura ? a dit le commissaire, un peu troublé quand même que je sois obligé de regarder sa bouche et non ses yeux.

J'ai pris le bloc.

C'EST UNE GOSSE DU LYCÉE D'À CÔTÉ.

Gaillet a pris le bloc, a raturé quelque chose et me l'a rendu.

À la place de « C'est » il avait marqué « C'était ».

Bien sûr que ça m'a fait mal. Bien sûr que j'ai baissé la tête pour essayer de ne pas trop penser au regard de Laura, à ses cheveux blonds, un peu mousseux. Sûrement qu'à ce moment, je pouvais passer pour le coupable dégueulasse qui avait fait ça. La soixantaine célibataire. Le pépé ému par un jeune tendron. Sans parler des commentaires qui ne manqueraient pas de fuser de la part de ces poètes, du genre, avoue que t'en avais marre de te branler, vu que t'es déjà sourd, etc.

Il y avait une telle tension que j'ai senti, au-dessus de moi, les têtes se tourner, peut-être des regards qui se disaient, il va craquer, l'espingoin, tu vas voir, ça ne va pas tarder, il va la recracher sa paella.

J'ai décidé de jouer le grand jeu.

Je me suis levé, l'air mélodramatique, j'ai grogné, les sons qui sortent alors de ma bouche ont toujours l'air d'apitoyer l'auditeur, et j'ai montré, piteux, la machine à écrire. Le commissaire Gaillet a fait oui de la tête, comme s'il pensait, vas-y mon pote, un bon aveu, ça dégage, ça fait du bien, ça supprime du poids, ça lave la conscience.

Je me suis mis à taper :

Laura ÉTAIT *une copine. Je la connais depuis deux ans et demi, à peu près.* C'ÉTAIT *une des personnes que j'aimais le plus au monde. Elle venait me voir, aux jardins. Elle y venait souvent avec ses potes, avec quelquefois l'un de ses profs, ou son « fiancé » du moment…*

Je n'ai pas d'enfant. J'ai cru comprendre qu'elle se faisait chier chez elle.

Elle me faisait lire ses livres préférés.

Moi aussi.

La dernière fois qu'elle est venue, c'est il y a deux semaines environ. Je me souviens, je binais l'ail.

J'ai réfléchi un moment.

Derrière moi, je sentais toute une perplexité, des mecs qui attendaient que j'écrive la raison pour laquelle j'avais pu trucider une jeune fille que j'aimais tant.

Mort aux vaches.

Ça, je n'ai pas pu m'en empêcher.

Je me suis pris une beigne sur le coin de l'oreille et on m'a ramené illico sur la chaise devant le bureau. On m'a remis les menottes. Je voyais arriver le passage à tabac vitesse V.

— Interroger un sourdingue, et faire parler un muet… Et ça tombe sur moi, a soupiré le père Gaillet.

C'est du moins ce que j'ai compris.

Et puis il s'est mis à griffonner sur le bloc :

TU AS EXACTEMENT CINQ MINUTES. APRÈS, JE TE JURE QUE TU VAS RETROUVER LA PAROLE, UN VRAI MIRACLE.

C'est bien ça les flics. La basse vengeance pour rien. L'exercice de leur maigre pouvoir. En tant qu'anar, fallait réagir, histoire de leur dire que le chantage, je connaissais et que j'en avais rien, mais alors vraiment rien, à cirer.

J'ai repris le bloc, ça devenait une vraie correspondance, la Marquise de Sévigné se faisait crêper le chignon…

JE NE VOUS PERMETS PAS DE ME TUTOYER. ON N'A PAS GARDÉ LES ÂNES ENSEMBLE.

Et puis, là aussi, question de technique, j'ai immédiatement froissé le papier et fait semblant de vouloir l'avaler. Ça n'a pas loupé, ils me sont tombés dessus comme un seul homme et, me ceinturant, enfin violents, comme s'ils n'attendaient que ce signal, m'ont écrasé la main sur le bureau pour que je l'ouvre enfin.

Victorieux, Gaillet a défroissé le papier, en souriant très méchamment, et, avide, voyant la promotion arriver à grands pas, l'a lu. Il a pâli, m'a regardé comme si je venais de mettre la main à ses grosses fesses de mulet, et m'a flanqué un coup de latte dans le tibia.

J'ai grogné de douleur.

Les larmes me sont montées aux yeux.

Un type est alors entré dans la pièce, a regardé distraitement les combattants, a dû penser qu'il arrivait entre deux rounds et a glissé un papier dans les mains du commissaire.

Le chef l'a parcouru, soucieux.

Puis s'est mis à écrire sur son bloc. Il ne m'a même pas tendu la feuille, il l'a posée sur le bureau, sous mes yeux : EST-CE QUE TU VEUX QUE JE TE DÉCRIVE TOUT CE QUE TU LUI AS FAIT À CETTE PAUVRE MÔME ?

Non, je ne voulais pas savoir ce qu'un autre avait bien pu faire, ça m'aurait enlevé le peu d'humour qui me restait encore au fond de la gorge et qui me servait pour faire face à toute cette bande d'opossums.

J'ai pris le bloc de papier, j'ai réfléchi un moment à la formulation adéquate et, en gros, j'ai écrit que si j'avais voulu tuer Laura et que si, pauvre imbécile, je l'avais laissée sur place, je me serais au moins démerdé pour l'enterrer sur une parcelle, profondément, la terre est meuble en ce moment, et bonjour pour la retrouver.

J'ai tendu mon mot doux au commissaire en pensant très fort que si ce connard me faisait une blague du genre, pourquoi pas, ça t'aurait servi d'engrais, je lui foutais immédiatement sur la gueule, quitte à en prendre pour un an.

Mais il n'a même pas eu le temps de répondre, le téléphone a dû sonner puisqu'il s'est jeté dessus, a écouté, légèrement verdâtre, m'a fixé, le coin de ses yeux s'abaissaient comme ceux d'un basset artésien, et s'est mis, en articulant le plus possible, à me parler. On aurait dit qu'il mâchait un immense chewing-gum et que ça lui collait aux gencives.

— Où étiez-vous, hier, vers 14 heures, ou en début d'après-midi ?

J'ai senti que, là, c'était fini, les emmerdes.

La chance me souriait un tout petit peu. La belote du mardi. Au Thermomètre, place Gambetta. Le Polonais avait gagné. Deux carrés à la suite, Germanaz en était vert. Dont un de valets, la vache. J'avais payé la note, douze demis, quatre Suze, trois calva et un Fernet-Branca que je n'avais même pas vu passer.

Je leur ai écrit ça, du moins le début.

Gaillet s'est fermé comme une huître. Il ne m'a plus adressé la parole et m'a fait raccompagner au bloc. À mon humble avis, j'allais avoir à me farcir la totalité de la garde à vue. En fait, je n'avais dit que toute la vérité, y compris, en gros, et en paquet cadeau, ce que je pensais d'eux. Ils avaient bien reçu le message. Normal qu'ils me renvoient l'ascenseur.

J'ai regardé ma montre. Trois heures que j'étais là. Quarante-huit moins trois, égale quarante-cinq. Normal. C'est de bonne guerre. Un partout, la balle au centre.

Dans la cage, il y avait un zonard hérissé du toupet qui a essayé de dialoguer et qui a cru que je ne daignais pas vouloir lui répondre, et qui a failli devenir méchant, et qui m'a pauvrement traité de con quand il s'est rendu compte que je ne pouvais ni l'entendre ni lui rétorquer.

*

Le reste, je l'ai lu dans le journal.

Et quand j'ai eu toutes les informations, j'ai pu enfin me poser des questions, du genre pourquoi m'avait-on désigné, moi, et mon bidon de flotte, et mon jardin oublié de tous, bref, tout ça. Peut-être que je faisais un assassin présentable, un sadique normal. Car la petite Laura avait été assassinée, loin de là, en début d'après-midi, le jour d'avant. La police avait retrouvé suffisamment de traces dans les jardins pour prouver qu'on avait amené le corps dans ma parcelle, qu'on l'avait jeté dans le bidon sans doute en pleine nuit, profitant de la double profondeur de mon sommeil. Que Laura avait été étranglée, qu'elle avait subi un certain nombre de violences, notamment sexuelles, mais qu'elle avait été battue et salie après sa mort, hématomes très particuliers selon le médecin légiste, peut-être pour faire croire a une agression.

L'enquête suivait son cours, un suspect avait été relâché, la police s'orientait vers un crime de rôdeur, un de plus, va savoir, n'importe quoi.

La vie suivait son cours bourbeux, sauf pour une jeune fille de dix-sept ans pour toujours délivrée de l'écume des jours d'hiver et des nuits fiévreuses d'été. Et il y avait un tueur de jeune fille qui savait que j'existais, ou du moins qui savait que Laura venait assez souvent dans le jardin d'un retraité espagnol, célibataire et sourd-muet, trois bonnes raisons pour faire un sadique de base assoiffé de sang de jeune vierge, trois bonnes raisons pour que le flic normal soit, en son âme et conscience, persuadé de tenir un coupable de première bourre, si j'ose dire.

Mais, heureusement, dans un rade du Petit-Itry, il y avait, tous les mardis après-midi, des belotes d'enfer, un jeu simple et passionnant tout à fait adapté à un Espagnol, à un célibataire et à un sourd-muet. Pour dire « je prends », je n'avais qu'à ramasser la carte, pour dire « belote », je mettais mon pouce en l'air et pour dire « dix de der », c'était le médius.

Au Thermomètre, on formait une sérieuse petite bande, sérieuse parce qu'on ne loupait pas beaucoup de ces rendez-vous, sûrs d'être les meilleurs joueurs de belote de la moitié nord de la France. Il y en avait même un, un des quatre mousquetaires, Germanaz, qui disait à l'envi qu'il n'en avait jamais vu des comme nous. Venant de lui, c'était une affirmation à prendre en compte. Ce type était grand, vaguement informe et avait une gueule incroyable, un mélange d'enfance et de méchanceté, un peu comme si le tueur de troisième zone avait le visage d'un gosse de quatre ans et demi, comme si la créature de Frankenstein portait encore des pampers. Il gagnait sa vie au jeu, sa spécialité, c'était les parties-blitz d'échecs, pognon sous la table, il plumait les gogos dans un bar de la rue de Tournon à Paris. Le mardi, il venait se reposer en notre tranquille compagnie, belotait d'enfer, et aimait jouer contre moi, car il disait finement qu'au moins, Jovillar, il ne jouait jamais à la parlante. Tout ça il me l'écrivait, après nos parties, sur les cartons qui accompagnaient le nombre astronomique de demis qu'il s'enfilait avant la fermeture.

Je suis revenu dare-dare aux jardins, en me méfiant, en rasant un peu les murs, je n'avais aucune confiance en l'homme, et en l'occurrence en des membres possibles de la famille de Laura qui se seraient bien concocté une petite vengeance, un petit lynch de banlieue, vite fait, vite regretté, mais ça fait du bien.

Mais tout était calme au-dessus des potagers.

La centrale électrique était toujours plus ou

moins nimbée. Les trains de banlieue passaient à peu près à la même cadence.

J'ai enfin semé mes patates, les recouvrant de terre avec amour.

Deux jours après, j'ai été à l'enterrement de la petite qui, elle, dans les mêmes conditions, ne donnerait plus de saine récolte. Tout le monde était là. La famille de Laura, j'ai reconnu une de ses sœurs, Fabienne, qui était venue une seule fois au jardin, radieuse et pimpante, et que je revoyais maintenant au bord d'un total effondrement. Presque tout le lycée, aussi, une myriade de frêles visages de jeunes gens et de jeunes filles assommés par le chagrin, tous porteurs d'une fleur aussi rouge que leurs yeux, et aussi des profs, sans doute, qui avaient la tête humblement baissée des gens suffisamment concernés, et j'ai aperçu le commissaire Gaillet. Il devait y avoir également des flics un peu partout, le genre à croire que l'assassin est sûrement là, comme dans les grands films impérialistes.

Tout le monde est plus ou moins passé à la queue leu leu devant la famille, et moi aussi je voulais serrer la main de Fabienne, la petite sœur, et je voulais surtout jeter sur le cercueil un petit narcisse blanc, un de ceux qui poussent en bordure du carré où Laura s'allongeait, un peu nonchalante, au printemps, après l'école.

*

Une dizaine de jours ont passé, comme ça, lentement, dans les journaux, on ne parlait plus du crime de la lycéenne, il y avait des manifs, de la guerre, du malheur, mais pas de photos furtives d'un assassin grimpant, tête à moitié plongée sous un manteau, dans une voiture de police.

Je suis tombé malade. Une grippe, même pas espagnole. Je ne me jugeais pas encore assez vieux pour me faire vacciner, et puis les médecins, c'est comme les flics. Dans le toubib, il y a un tortionnaire qui sommeille, dans tout potard, il y a une Marie Besnard qui attend son heure matinale. Je me suis soigné tout seul, aspirine et aspirine. Et puis la tisane des trois chapeaux, tu te couches, tu mets un chapeau au pied du lit, tu t'avales calva chaud sur calva chaud et quand tu vois trois galures, t'es guéri.

Enfin guéri…

Laura n'avait plus quitté ma tête. J'avais beau me dire que ça tenait à son prénom, je me souvenais évidemment du film avec cette brune, cette splendeur, que l'on croit morte et qui débarque en plein milieu du salon devant un G-man qui se met instantanément à croire aux fantômes, et qui, juste après, en tombe éperdument amoureux.

Laura ne quittait plus ma tête. Elle était là, tout le temps, comme un son, comme une parole. Comme quelque chose que je n'avais plus, ou que j'avais enfin, je ne sais pas, comme une tache, une empreinte, une marque. Personne ne sait bien ce qu'il y a comme sons dans le crâne d'un sourd-muet : eh bien il y a un potin d'enfer, pas le même que celui répercuté par un nerf auditif, le mien avait été définitivement bousillé par une balle de 30/30. Mais en plus de ma propre mémoire des sons, des bruits, de ce qui est d'entendre, il y a surtout de la résonance. Un gong silencieux, des souffles lourds ou pointus.

Et Laura était comme une fréquence muette, comme une présence. Une présence, c'était ça.

Dès que j'ai été sur pied, je suis revenu aux jardins, presque en courant.

Comme un fou, j'ai retourné la terre du carré de Toto pour supprimer jusqu'au creux invisible que le corps de Laura aurait pu y laisser. Je n'avais pas le droit de toucher à la terre du voisin, c'était dans les statuts, mais je ne pouvais pas faire autrement. Comme aussi changer les bidons. J'ai pris ceux de Toto et mis les miens à leur place. Il ne dirait rien, ça faisait deux ans qu'il ne venait plus. J'étais écœuré que l'allée, encore détrempée, ait pu l'être de cette eau où elle avait baigné une dernière fois, et la boue, contre les bordures en ciment, me soulevait vaguement l'estomac. Et je me rendais compte petit à petit que ce jardin, cet endroit où, pour la première fois de ma chienne de vie je me sentais à peu près à l'aise, me gênait, me troublait, me pesait inexplicablement, augmentait mon angoisse.

Je me suis alors dit bêtement que j'étais définitivement marqué par la douleur, la tristesse, la mort, et ça depuis toujours, depuis mon enfance, et que la faucheuse ne me laisserait donc jamais en paix, qu'elle m'aimait bien, qu'elle m'entourait de ses doigts d'ortie, et que c'était peut-être ça, ma vraie fonction sociale, être entouré de mort, de façon à ce que d'autres puissent vivre plus tranquillement, puissent éprouver, tout simplement, de la joie.

Il ne fallait surtout pas que je le prenne en grippe, ce petit bout de terre, ou bien j'allais, moi aussi, être en friche, une jachère personnelle, me retrouver sans rien, à me recroqueviller dans mon trois-pièces près de la gare, rue de l'Insurrection, tu parles, je ne m'insurgerai plus contre rien, même pas contre moi-même.

Puis je me suis mis à lire le dernier livre qu'elle m'avait donné, un bouquin que je n'avais pas encore entamé, que j'avais laissé sur une des étagères du cabanon, entre les graines de mangetout et le produit antilimaces. Un bouquin qui avait un peu gonflé à cause de l'humidité.

Je l'ai lu, deux jours durant, presque sans bouger, sans sortir de chez moi, calé sur un coussin, avec un litre de chardonnay pas loin.

C'était un livre qui parlait d'amour et d'aventures, une immense crétinerie, un militant genre maoïste des années 68 tentant de soumettre le corps et l'esprit d'une pauvre étudiante, une rastignacouette de province qui découvre la trahison, le pouvoir et soi-disant l'entrée tonitruante dans l'âge adulte. Pourquoi Laura avait-elle voulu que je lise absolument cette merde ? Un mystère de plus. Peut-être qu'elle avait aimé ça, après tout. Va comprendre… Elle ne me dirait plus pourquoi, en tout cas. Un secret de tombe, comme on dit.

Et puis les gaufrettes me disaient ce que je devais faire, jour après jour. C'est un rite que je pratique depuis longtemps. Il y en a qui lisent l'avenir dans les tarots, le marc de café, il y en a qui confortent leurs décisions en se tapant tous les jours l'horoscope du *Parisien libéré*, d'autres qui, pendant longtemps, ont ouvert leur petit livre rouge, moi, ce sont les gaufrettes. J'en achète de nombreux paquets que je vide, à la maison, dans une grande boîte en fer. Et, tous les matins, j'en trempe une demi-douzaine dans le café. Pas de la gaufrette moderne, croustifondante ou je ne sais plus quelle connerie, non, la gaufrette ancienne, celle avec une petite phrase, un proverbe, un conseil, une question, écrits en relief sur la pâte jaune et craquante. Alors, chaque matin, je prends au hasard la première qui me tombe sous la main et la phrase écrite dessus guide ma journée, me conseille, me réconforte.

Ou me fait marrer, tout simplement.

Et ce matin-là, j'ai carrément étalé mes six gaufrettes sur la table. Il y avait deux « Tu es charmante », une « Ne remets pas à demain », une « Vous serez centenaire », une « Plus jolie que jamais », et surtout deux « Cherche la lumière ».

Hasard ou pas, impossible d'être plus explicite. Les gaufrettes me montraient la voie. Ce n'était pas une bêtise de plus, autant s'en remettre à ce genre d'artifice, j'ai trop connu de gens qui cherchaient la vérité en piétinant le cadavre de l'autre, j'ai trop côtoyé de naïfs salauds qui étaient prêts à ensanglanter la Terre entière pour une simple question de bon droit, de « réel », voire de justice, ce mot, dans leur bouche, sonnait comme justesse, je me suis trop battu contre tous ceux qui encartent pour mieux écarter, j'ai trop appris à ne compter que sur moi-même, et quelques potes, quelquefois, quoique...

Et puis la retraite, je ne voulais pas vraiment que ça signifie se retirer, aller à l'envers, revenir à son point de départ. Moi, mon point de départ, c'était une balle de fusil dans la tête. Alors... La retraite, c'était tout simplement l'arrêt tant attendu d'un esclavage relatif et moderne. C'est tout. Pas l'arrêt du plaisir. Pas celui de la vie. Je sais que les anars de mon pays avaient tendance à hurler « Viva la Muerte ! », moi j'ai toujours envie de crier, non pas « Vive la vie », faut pas pousser, mais « À mort la Mort ! ». Le salaud qui avait bouzillé la petite Laura, il fallait lui faire passer le goût du pain noir.

Et puis ça faisait longtemps que je ne m'étais pas frotté à la réalité des choses, longtemps que je ne m'étais pas battu. Même si on se bat en pensant, comme toujours, que c'est loin d'être gagné.

Même quand on sait pertinemment que c'est perdu d'avance.

Au jardin, je me suis pris une cuite carabinée, au vin blanc. Debout au bout de ma petite parcelle, c'était comme si j'étais à la pointe d'un promontoire, ou d'un bateau, face à une mer totalement verte et brune qui s'écartait, mouvante, de chaque côté de mes deux pieds immobiles. J'avançais imperceptiblement, je tanguais sans aucun mouvement, je roulais en restant bien droit.

Je m'enfonçais dans le monde sans effort.

C'est dans cet encart des choses dû au vin, que j'ai décidé que j'allais le trouver, moi, l'assassin de Laura, et pour une seule raison, une belle et bonne raison, pour pouvoir m'occuper tranquille de mes patates, merde.

Il faut avoir la tête claire, calme, sereine, pour réussir un potager. Il ne faut pas ressasser. Regretter. Ou bien se laisser faire.

La belle Laura contre la Belle de Fontenay.

2

LA CULTURE

La stratégie était simple.

Je n'avais plus qu'à enfiler une jupe, me faire pousser la moustache et j'étais une vraie Agatha Christie.

Non. Nada.

M'installer pas loin du bahut, ce lycée Jules-Romains où Laura était en terminale. Et, petit à petit, pouvoir interroger le plus possible de personnes l'ayant connue, côtoyée, aimée. Et puis essayer de faire des recoupements. Voir si quelque chose clochait. Je ne croyais pas au crime de rôdeur, au tabassage nocturne et hasardeux, les crimes non prémédités laissent trop de traces et les flics trouvent alors très vite.

Paradoxalement, mon avantage était dans mon handicap. À force de ne pas entendre, à force de ne pas parler, on aiguise d'autres sens. On remarque beaucoup plus, dans le visage des gens, les changements imperceptibles d'état, de sentiment, on analyse mieux l'effort que fait quelqu'un pour mentir, cacher quelque chose, on repère la gêne, la colère, la peur. Souvent, même, on le sent, tout ça.

Oui, avec le nez.

Des odeurs de mal à l'aise, de mal être, il y a des parfums caractéristiques de celui qui ne veut plus être là, de celle qui aimerait être ailleurs, de ceux qui s'énervent, ou bien qui se trouvent malheureux, coincés.

Bien sûr, il est difficile, pour quelqu'un comme moi, de réagir vite et, par exemple, face à quelqu'un qui ment, de l'enfoncer encore plus dans son mensonge. Les sourds-muets ne peuvent pas poser de questions, le tac au tac leur est impossible. Mais souvent, ils *savent*. Dans mon petit groupe d'anars, c'était toujours moi qu'on chargeait de repérer le type qui nous noyautait, le flic de base, le militant retourné, ou bien le copain prêt à craquer. Ça marchait à chaque fois. J'ai ainsi, moi, le pauvre handicapé, évité à notre groupe les provocations qui nous aurait emmenés au gnouf tous les six du mois. Je me suis trompé une fois, en 74, une seule fois, et ça m'a coûté six mois ferme. Mais c'était un Catalan, comme moi, et je n'avais voulu sentir en lui, que la myrrhe et les genêts des montagnes, l'odeur de mon village, ces pierres jaunes que j'avais quittées, ensanglanté et malade, à l'âge de huit ans et demi.

Et pas loin du lycée, en fait juste en face la sortie des élèves, de l'autre côté de l'avenue, il y a un petit café que je connais bien, un de ces rades de banlieue qui ne changent qu'à la mort de leurs proprios, qui gardent leur vieux côté années cinquante, des bars où l'on se sent bien, parce qu'on y a ses marques, parce qu'on y est reconnu.

Et celui-là, pourtant, faut s'accrocher pour devenir un habitué. L'espèce de boui-boui où tout est fait pour décourager le consommateur moyen, envahi qu'il est par la faune lycéenne, et pas n'importe laquelle, les marjos, les intellectuels, les toujours-chevelus, les pas-bien-rasés. Ceux qui ont Rimbaud sous le bras et pas *L'Équipe*. J'avais beau y aller quelquefois aux heures creuses, il y avait toujours des sbou-bounes vautrés sur le bout de banquette en skaï pelé, près de la fenêtre à rideaux.

Le Mickey-Bar, il s'appelle. Plutôt rempli de donalds et de dingos, ouais.

À force, j'avais vaguement compris que c'était le point de rendez-vous des « littéraires », les matheux préférant le Stadium, plus bas dans l'avenue, un café plus grand, plus conventionnel, mais où il y avait trois flippers et un baby-foot.

C'était Lucien qui m'y avait emmené la première fois, c'était son quartier général. Vraiment un pauvre homme, Lucien, il venait aux jardins, l'été, faire de menus boulots contre quelques légumes qui amélioraient son ordinaire. Alcoolique, son foie devait vaguement ressembler à une photo aérienne du Koweït, amputé d'un poumon, ancien légionnaire, il était tout petit, maigre et complètement violet. Sa peau, bouffie par le pinard, semblait se craqueler, et il était difficile de lui trouver le blanc des yeux, ce qui lui faisait un drôle de regard, genre albinos. Il vivait dans une espèce de taudis, prêté par le concierge de la cité transit, sur le coteau d'Itry, près du Fort. La proximité des militaires lui faisait du bien. Ce qu'il ne savait pas, c'est qu'au Fort, il n'y avait que des planqués, ceux qui font leur service en faisant du cinéma, n'ayant pas le cran d'objecter de la conscience, voire de s'insoumettre. Je n'avais donc même pas la possibilité de m'engueuler avec cette moitié d'homme, que je sois sourd et muet lui plaisait bien, ça lui évitait de se faire remettre à sa place, quand il évoquait les beautés intrinsèques de la Légion, la maman-armée et le sublime du profil des galons devant la ligne bleue du djebel.

Lucien était toujours dehors, passant de bar en bar, luttant, verre après verre, avec les vieux de l'hospice, et, venant se reposer au Mickey avec une seule idée dans le cigare, celle de se taper Thérèse, la sœur de la patronne, qu'il poursuivait jusque dans la cave de l'établissement, en criant, paraît-il, « j' vais t' mettre sur l' bout ! ». On l'a retrouvé mort de froid, un matin, vers six heures, devant le rideau fermé du bar, où il avait dû passer la nuit, trop plein pour bouger et pas assez pour résister au froid.

Marie-Louise, la patronne, mon âge à peu près, une rondouillette personne permanentée de frais, sentant la fraise, un parfum bon marché, règne sur tout ce beau monde, ou, plutôt, le gère, prend en charge des lycéens qu'elle aime comme les enfants qu'elle n'a pas, qui lui rendent la vie impossible mais joyeusement bordélique, après tout, ce sont quand même des clients, même s'ils se cantonnent aux sempiternels cafés et limonades. Et puis il y a aussi, pour parfaire le gynécée, sa propre mère, une grabataire tremblotante toujours assise à côté du poêle, Thérèse, sa sœur aînée, une marrante, pomponnée elle aussi, sempiternellement vêtue de vieux rose, qui vient souvent lui donner un coup de main et qui, quand elle n'évite pas la main baladeuse de Lucien, passe son temps à repasser dans la salle même du bistrot.

Il y avait ainsi des petits matins très difficiles où on essayait de boire le café crème pisseux à côté d'immenses caleçons roses et jaunes étalés sur la planche à repasser, juste sous votre nez.

Le mari de la patronne, Raymond, camionneur de son état, revenait, le soir, vers 18 heures et là, d'un coup d'un seul, l'ambiance changeait, il y avait enfin un homme à la baraque, et les petits jeunes ne mouftaient plus. C'était les seuls moments de calme et de normalité que vivait le Mickey-Bar. Le reste de la journée étant réservé à une sorte de démence rigolote qui faisait que ce rade, aucun habitué ne l'aurait abandonné de gaieté de cœur. D'ailleurs, on m'avait bien fait comprendre, plusieurs fois, que les élèves disaient entre eux qu'ils «séchaient» le Mickey pour aller quelquefois en cours.

Parmi ces piliers de bar, il y en avait trois ou quatre que j'aimais bien, qui me connaissaient un peu et avec lesquels j'entamais quelquefois des correspondances du plus haut niveau comique. Il y avait Rosario, un fils de Calabrais, famille nombreuse, les Pocardi, très réputée dans les parages, un jeune frisé de seize ans, en pleine adolescence bordélique, qui mettait un malin plaisir à déstructurer psychologiquement Marie-Louise. Elle avait beau l'adorer, ça se voyait au brillant de ses yeux et à son sourire rentré quand il pénétrait dans la salle, leurs rapports étaient souvent tendus et leurs bagarres incessantes. Rosario faisait équipe avec Zaïr, son pote, un autre chouchou de Marie-Louise, et, à eux deux, les jours de grande forme, ils transformaient facilement le Mickey-Bar en salle d'attente d'hosto psy. Un jour, ils avaient même failli cramer, au sens propre du terme, la grand-mère, parkinsonnant près du poêle, en allumant au briquet la robe de chambre synthétique de la mémé immobile. Un seau d'eau plus tard, l'aïeule, hiératique, ne s'était aperçu de rien, ça sentait le cramé, et Rosario avait été interdit de Mickey pendant une semaine, punition qui s'apparentait à vingt ans de Guyane.

Il y avait aussi un grand escogriffe boutonneux, François, surnommé le Démon, un saxophone en permanence en bandoulière, qui venait dormir, affalé sur une table, sommeil respecté par tous, auréolé de rumeurs et de mythes, il jouait peut-être des nuits entières dans des clubs de jazz, récupérait au lycée, au café, et payait des coups tout le temps.

Et surtout il y avait Françoise Meyer, une pionne, splendide jeune femme brune aux yeux clairs, bardée d'une myriade de taches de rousseur, Zaïr m'avait demandé un jour, de son écriture malhabile, si, à mon avis, elle en avait aussi sur la poitrine, je lui avais répondu, sûrement, jusque sur la pointe, autour du petit bout rose, et je ne l'avais jamais vu aussi rêveur et tourné en lui-même que ce jour-là. Tout le monde en était totalement amoureux, les habitués et tous les lycéens de passage qui profitaient de ce no man's land pour s'asseoir à côté d'elle et lui parler avec timidités rougissantes ou fanfaronnades diverses. Quelquefois, le café se vidait en trombe pour la voir sortir du bahut, franchir la porte en grillage, grimper dans une 403 décapotable et s'en aller vers son destin. Les élèves l'imaginaient volontiers espionne en planque ou femme rançonnée ou bien chef d'un réseau secret de masochistes. Même s'ils savaient que son mec, son apparemment régulier, était un immense type tout habillé de cuir noir, un prof de dessin industriel du lycée technique d'à côté.

Ils l'appelaient parfois Columba.

J'ai donc décidé de camper au Mickey-Bar, d'y rester de longs moments, de voir venir, d'engranger.

Ce matin-là, on était le 9 avril, je me suis mis près de la porte, pour voir facilement, dehors, la pente de goudron descendant du grand bâtiment blanc, et repérer les élèves qui sortaient. Et priorité absolue à Jérôme, dit Zorglub, un « fiancé » de Laura, elle sortait avec lui la dernière fois qu'elle était venue aux jardins, l'avait emmené plusieurs fois là-bas, un jour il m'avait aidé à mettre des tuteurs aux petits pois. Il pourrait peut-être m'apprendre des choses. En tout cas, il fallait bien commencer par quelqu'un.

Pendant ce temps-là, Rosario et Zaïr faisaient un curieux concours de flipper. J'ai vaguement compris qu'ils essayaient de pousser, à grands coups de latte, à grands chocs furieux du bassin, l'appareil dehors, et sans faire tilt. Ils avaient amené une rallonge et, petit à petit, dirigeaient l'engin vers la porte ouverte. Juste derrière celle-ci, il y avait, pour arriver sur le trottoir, une marche en ciment et là devait résider la grande difficulté qui les décidait à passer la moitié de la matinée à accomplir cet exploit. Thérèse repassait ses culbutes en beuglant, je voyais sa bouche s'ouvrir et sa peau rosir un peu plus, et Marie-Louise remontait de la cave pour hurler elle aussi, taper à coups de torchon sur les deux acolytes, qui n'en avaient cure, bien au contraire, ça compliquait l'enjeu. Et pendant que la patronne se décidait à s'agenouiller par terre pour essayer de débrancher l'engin, Rosario, vif comme un chat, grimpait sur un des tabourets du bar, piquait sur les étagères une bouteille au hasard, s'envoyait, au goulot, une grande lampée de Fernet-Branca, puis, violet, filait dehors pour la recracher dans la rue, en toussant. Marie-Louise, alors, ne pouvait s'empêcher de se marrer.

Jérôme est sorti du bahut juste après 11 h 10. Je l'ai reconnu à son allure de grand oiseau un peu déplumé, un peu sombre, se donnant déjà l'apparence de l'intello en plein questionnement métaphysique. Un visage enfantin encadré de cheveux à moitié dressés sur le haut du crâne, des habits étriqués noirs et gris, un échalas maigre, élancé, ne daignant pas porter de cartable, un bouquin et un cahier suffisent.

Je l'ai gaulé dans la rue et j'ai remarqué tout de suite son infinie tristesse. Il a voulu m'éviter, me contourner, un suspect c'est un suspect mais je lui ai collé dans la main une feuille de papier. En plein courant d'air, il l'a lue à toute vitesse, c'était simple, je demandais tout simplement de l'aide, je voulais trouver l'assassin de Laura, et je comptais sur lui pour m'aider à commencer, à entamer mon enquête. Il m'a regardé d'un drôle d'air, il pensait à tous les coups qu'un sourd-muet faisant une enquête c'était complètement surréaliste, d'un signe de tête je lui ai montré le Mickey-Bar, il a réfléchi longtemps et a daigné me suivre.

Par-dessus la fine buée s'échappant de nos deux cafés crèmes, nous nous sommes longtemps jaugés, et puis je lui ai donné une autre feuille de papier, écrite plus patiemment, une feuille dont j'avais fait beaucoup de photocopies.

Une feuille où était tapé le texte suivant :

1) Dites-moi une chose que vous êtes le seul à savoir sur Laura, ou bien quelque chose de bizarre à son sujet.

2) Quelle est votre version du drame.

Tout ceci restera secret.

C'est uniquement pour tenter de savoir.

Et de comprendre.

Pour qu'un vieil ami de Laura retrouve le sommeil.

Écrivez-moi vos réponses, vous avez le temps, moi aussi, vous me les donnerez ici au Mickey-Bar quand vous le jugerez utile. Si cela vous convient, vous me présenterez quelqu'un qui pourra ensuite répondre à ce même questionnaire.

Il m'a ausculté longtemps, tentant de mettre de l'adulte dans son regard, a siroté son crème au bord des lèvres, a observé, en réfléchissant, Thérèse s'escrimant avec sa planche à repasser, qu'elle tentait de replier, et c'était comme si elle se farcissait une carte routière, aidée par un Rosario qui tentait de lui coincer les doigts, puis s'est jeté sur son cahier qu'il s'est mis à griffonner d'un air de défi.

LES FLICS, J'AI DÉJÀ DONNÉ.

EN PLUS, IL NE FAUT PAS SE SUBSTITUER À LA JUSTICE, ON VIENT DE M'APPRENDRE ÇA AU COURS DE PHILO.

Bien sûr. Les jeunes sont intelligents. Jérôme n'était pas le vengeur de base. Il avait déjà une conscience politique, des *a priori* moraux, un vrai petit démocrate.

J'ai pris son cahier et je me suis mis, moi aussi, à écrire.

CE QUE J'APPRENDRAI, JE LE GARDE POUR MOI.

ET C'EST VOUS TOUS QUI DÉCIDEREZ QUOI EN FAIRE.

Il lisait au fur et à mesure, pas convaincu.

J'ai rajouté :

IL N'Y AVAIT PAS QUE TOI POUR AIMER LAURA.

ET PUIS FAITES PAS CHIER AVEC LES FLICS, DÈS QU'ON VOUS VOLE VOTRE PÉTOIRE, VOUS ALLEZ LES CHERCHER...

Et j'ai, grande scène du deux, déchiré les feuilles, les ai froissées et mises en boule dans le cendrier, puis je les ai fait flamber avec son propre briquet. Un petit geste qui donnait du secret en pagaille, qui scellait comme un pacte.

Il a encore réfléchi, puis, d'un signe de tête, m'a signifié que c'était d'accord et il est parti.

Marie-Louise s'est approchée pour enlever le cendrier, où le papier achevait de se consumer. Elle a dit quelques mots, elle devait m'engueuler sérieux pour faire des saletés pareilles, tenter de foutre le feu à son débit de boissons. Elle avait les traits tirés, ses bajoues roses faisaient office de cernes, mais je savais que ce n'était ni le concours sauvage de flipper qui l'exténuait, ni mon petit exercice de pyromanie. C'était lundi. Tous les dimanches, elle bouffe la recette de la semaine avec son jules, dans un grand resto de Rungis. J'ai montré ma bouche, plusieurs fois, et elle est partie comme d'habitude, dans sa cuisine, me chercher le menu de la veille. Elle m'a tendu un carton bleu où était inscrit, en lettres gothiques, tout ce qu'elle s'était tapé la veille, c'est-à-dire de quoi foutre une crise de foie à un mammouth.

Et, sans transition, elle a foncé vers la porte pour contrôler de nouveaux arrivants, presque des gosses, pour savoir s'ils avaient les seize ans obligatoires pour entrer dans ce havre de paix.

Je suis sorti du bar. Devant la porte, un peu plus loin sur le trottoir, assis par terre dans la position du lotus, il y avait José, le grand frère de Rosario, l'aîné des enfants Pocardi, enveloppé de sa grande cape noire, les mains serrées sur une canne à pommeau, en pleine méditation. Ce n'est pas qu'il soit vraiment zen, mais il fait ça pour foutre la trouille à Marie-Louise, déclarant vouloir chasser les mauvais esprits de son rade en perdition. Marie-Louise, qui est une âme simple, ne peut pas prendre ça vraiment pour de la simple rigolade, elle se demande s'il n'y a pas une histoire de mauvais sort là-dessous, avec ces Italiens du Sud on ne sait jamais, surtout si c'est un Pocardi, alors généralement elle fonce chercher un seau d'eau et José se lève précipitamment en souriant, l'embrasse théâtralement sur la joue, lui parle à l'oreille, Marie-Louise rosit un peu, et il entre au Mickey pour s'envoyer une limonade. La première fois que José m'avait « parlé », il m'avait glissé un papier où était écrit : « Je serai le plus jeune prix Goncourt de l'histoire. » Je lui avais répondu : « Bon courage. » Notre correspondance s'en était d'abord tenue là. Et puis, je l'avais pris au mot, alors, de temps en temps, il me donnait des pages couvertes d'une fine écriture un peu paranoïaque, des histoires, des nouvelles, des descriptions de personnages réels ou inventés. C'est comme ça que je connaissais quelques personnes d'Itry ou du lycée Jules-Romains qu'il s'épuisait à décrire, dans son soi-disant style goncourable.

Une fois je lui avais « re-écrit » un de ses textes, et ça ne l'avait absolument pas convaincu.

Je lui ai donné un de mes questionnaires, il a haussé les épaules et est entré dans le Mickey. Comme d'habitude, il essaierait de jouer au chef de famille responsable avec Rosario, comme d'habitude, l'autre l'enverrait balader, comme d'habitude, ça virerait vendetta, et, comme d'habitude, ça se terminerait par une engueulade maison de Marie-Louise agitant son mythique torchon.

*

Toute la soirée de la veille, j'avais été comme vidé, épongé, essoré. J'avais un peu regardé la télévision, tentant de comprendre ce qui pouvait bien se passer sur l'écran, ce n'est généralement pas compliqué à deviner, une occupation comme une autre. Qui dure depuis dix ans, date à laquelle j'avais décidé de m'acheter un téléviseur. À force ce n'est pas si compliqué. Antiope, je n'en veux pas, je ne suis jamais parvenu à me prendre réellement comme un handicapé, persuadé d'être plutôt une victime. Notre rapport à la modernité, à nous les SM, pas les Sado-Masochistes, non, les Sourds-Muets, est difficile, alors on tente de faire comme tout le monde, comme les zorros, les « oraux »... Enfin presque... On ne peut pas, par exemple, passer le permis de conduire.

J'avais dormi comme la bûche qu'on voit dans les bandes dessinées, celle que la scie entame.

La gaufrette du matin me disait clairement : Demain.

J'ai donc décidé de ne pas retourner au Mickey-Bar et de revenir aux jardins. Il y avait du travail à faire, et pas question de prendre du retard, tout est presque minuté, la terre n'attend pas, et pour qu'elle t'aime, il ne faut pas la décevoir.

Le temps était frais, encore un peu humide, même si l'on distinguait de mieux en mieux, jour après jour, l'immense cheminée de l'usine thermique, plus loin, totem lisse, poteau indiquant les nuées, trouant le ciel gris pâle d'Itry.

Je n'ai même pas eu le temps de désherber la bordure de jacinthes que le commissaire Gaillet est arrivé, accompagné par un autre grisâtre. Ça devait leur faire le plus grand bien de s'aérer un peu. Mais jogging du matin, chagrin.

Dans l'allée, il marchait à petits pas comptés, l'air énervé, tentant d'écrire en même temps quelques mots sur un bloc, qu'il m'a tendu sans préambule et sans même marmonner un quelconque bonjour.

NE ME DEMANDE PAS SI J'AI UNE COMMISSION ROGATOIRE POUR VISITER TON CABANON DE MERDE OU JE TE FOUS SUR LA GUEULE.

J'ai baissé la tête en signe d'allégeance, oui bwana, ce n'était pas apparemment le moment de lui chercher des noises, il avait l'air d'avoir bouffé de la hyène. Son acolyte est entré dans ma cabane de jardin, shootant dans les bêches et les râteaux pour se faire un peu de place.

Gaillet m'a regardé intensément, comme seul un cogne dans l'expectative peut faire, et qui connaît un peu les argousins sait bien, qu'à ce moment-là, ils ne pensent à rien, c'est juste pour faire peur, c'est juste pour que leur vis-à-vis se liquéfie un peu plus en pensant, lui, à tout ce qu'il a bien pu faire de défendu. Il a ensuite fouillé dans sa poche et m'a tendu un truc en laine que j'ai reconnu tout de suite, une vieille cagoule de laine que j'avais donnée il y a longtemps à Toto.

. C'EST À MOI, j'ai écrit sur le bloc. IL ÉTAIT RANGÉ DANS LA CABANE À CÔTÉ, j'ai ajouté en montrant le tas de planches et de tôles que mon voisin avait abandonné lâchement aux araignées et aux musaraignes. Après avoir lu, il m'a soupesé du regard, puis est allé voir plus près, il a ouvert la porte vermoulue, osant à peine entrer, sans doute rebuté par le désordre et la poussière, puis est revenu vers son sbire, écrasant au passage une plantation vivace de chiendent et se prenant les pieds dans des pousses de viorne. Ils se sont entretenus de je ne sais pas quoi, l'air un peu piteux de ceux qui font chou blanc, si j'ose dire, en ces lieux.

Le commissaire s'est assis sur le petit banc de ciment, à droite de la porte, je l'ai senti souffler, il m'a regardé encore, a soupiré de nouveau. Puis il a semblé se concentrer et s'est remis à écrire. J'étais sûr qu'il n'avait jamais autant écrit de sa vie, que, pour l'instant ça le fatiguait, mais qu'il y prendrait goût. Comme moi. Sans oreille, la langue en panne, je me suis trouvé bien dans tous ces petits mots, tous ces billets doux que j'ai griffonnés, dans ma vie, simplement pour me faire comprendre, acheter une bouteille de lait, ou demander un remboursement de Sécu, et, tiens, va, par gestes, amadouer un mec des Impôts. Et à force d'écrire, à force de chercher la formulation la plus précise, ou la plus vague, ou bien la plus drôle, je me suis acquis un style en béton chromé, et, hop, d'un coup je suis passé de la rampe d'essai de locos, ce n'est pas que la SNCF recrute systématiquement des handicapés, mais dans le hangar où je suis resté douze ans, valait vraiment mieux être sourd, à *La Vie du Rail* où je réécrivais, en langage compréhensible, ce que les huiles de la Direction, parachutés direct de Polytechnique, voulaient bien pondre sur le monde complexe des cheminots. Il me suffisait généralement de mettre les verbes à la bonne place et d'ajouter des adjectifs.

POURQUOI, À TON AVIS, ON VEUT TELLEMENT TE FAIRE PORTER LE CHAPEAU ? il avait marqué, finement, sur le bloc. Voilà, il fait de l'humour, c'est bon signe, ce n'est pas vraiment pour me faire plaisir, mais, j'avais raison, quand on écrit, on ne peut pas résister, il y a comme une impunité.

JE NE SAIS PAS. JE DOIS FAIRE UN ASSASSIN PRÉSENTABLE. VIEUX, SEUL, UN PEU ÉTRANGER, CONNU DES SERVICES DE POLICE.

Il a haussé les épaules.

On a un peu continué à bavasser, comme ça, par poèmes modernes interposés. Pour une fois, lui aussi, il y allait, au bloc. Je n'ai pas hésité à lui demander des détails sur cette histoire de bonnet de laine, et il m'a répondu qu'ils avaient trouvé où avait été tuée la petite, qu'ils avaient réussi à faire un bout du chemin que le cadavre avait dû faire et que, pas très loin d'ici, une voiture s'était garée, et que par terre, il y avait cette cagoule, un peu trop en évidence. Il s'est mis à sourire, faisant semblant de se détendre, ce qui ne cadrait pas avec la gueule que faisait son adjoint, le genre de mec qui vient d'avaler un sécateur.

— C'est quoi ça ? il a articulé lentement en montrant un rang fraîchement travaillé dans la terre, démarrant presque entre ses pieds.

DES PATATES, j'ai écrit.

Il a opiné, comme si c'était évident. Alors je l'ai devancé.

VOUS VOULEZ ME DEMANDER QUELQUE CHOSE ET VOUS SAVEZ QUE JE NE COLLABORERAI PAS AVEC LES FLICS.

Il a dit oui de la tête, très fatigué tout à coup.

VOUS N'AVEZ QU'À FAIRE DU CHANTAGE, ON VERRA BIEN.

Il m'a arraché le bloc des mains, a lu et s'est mis à griffonner comme un beau diable. Ce mec était soit complètement libéré, soit à bout de nerfs.

C'EST TOUT VU. TU VAS NOUS FAIRE TA LISTE DE TOUS CEUX QUI CONNAISSAIENT LAURA ET TON JARDIN. SINON ON S'ARRANGE POUR FAIRE CIRCULER QUE T'ES PAS COMPLÈTEMMENT BLANC ET TU TE FARCIRAS SA FAMILLE D'EXITÉS.

Comme ça, c'était plus net, plus franc. Un flic qui te fait confiance, c'est un mauvais. Je lui sauvais presque la mise. En plus, il me donnait des munitions.

IL N'Y A QU'UN M À COMPLÈTEMENT ET UN C APRÈS LE X À EXCITÉS.

Il ne m'a pas tapé dessus parce qu'il savait comme moi que sa question ne voulait rien dire, que Laura avait pu parler de mon jardin à plein de gens sans que je le sache ou que je les connaisse. Il était simplement, là, avec son spadassin, parce qu'il savait que je devais me poser exactement le même genre de questions, parce qu'il se demandait ce que j'allais bien pouvoir en faire, de toutes ces interrogations, parce qu'il comptait peut-être secrètement sur toutes les aides possibles, même celle amenée par un putain d'Espagnol anarchiste en plus, merde.

Il est reparti vers le fond des jardins, suivi comme son ombre par son acolyte en costard Delaveine, en prenant l'allée de droite. Il s'est même arrêté devant le jasmin, sur la tonnelle à l'entrée de la parcelle de Charles, et n'a pas pu faire autrement que de humer toute cette délicatesse. Être flic n'empêche pas d'avoir du nez.

J'ai alors décidé de ranger la cabane de Toto, voir s'il y avait d'autres trucs personnels laissés par Laura, ou bien quelqu'un d'autre, pour éviter que ça tombe encore dans d'autres mains et que ça me revienne grâce aux facteurs-poulets. Le tueur avait peut-être déjà fouillé dans ce foutoir, car je n'avais aucun souvenir de Laura portant cette cagoule pourrie, et je la voyais mal, coquette comme elle était, embarquer en douce ce truc poussiéreux pour se le mettre sur la tête. Ou bien elle l'avait piquée pour nettoyer ses godasses. Quoi qu'il en soit, ça serait un service que je rendrais à mon voisin de potager, ranger ses outils, trier ses graines, et d'ailleurs le règlement stipule de tenir propres, fonctionnels et rangés les abris de jardins. Remarque le règlement dit aussi que ces abris ne doivent en aucun cas servir d'habitation même temporaire, alors que l'été, un grand nombre de copains y passent leurs chaudes nuits, y accueillent, le dimanche, leurs amis, ceux qui font l'effort de s'imaginer à la campagne, et se font, comme ça, un petit week-end au vert. Tant qu'ils ne font pas griller des merguez, ça n'emmerde personne.

Je n'y ai rien trouvé, sauf un vieux livre de poche devant appartenir à Laura, je voyais mal Toto lire *La Princesse de Clèves*. Toto avait fait une dalle de béton dans sa cabane, ça aussi c'est interdit. Mais bon. Ça a dû le prendre un dimanche. La terre battue, c'est le Moyen Âge, il a sûrement pensé alors, faisons du neuf.

Le soir, en sortant de l'enceinte des jardins ouvriers, je suis tombé sur Jérôme. Le Zorglub n'avait pas tenu longtemps, n'avait pas pu résister à l'attrait de la littérature et me tendait une enveloppe soigneusement cachetée que j'ai fourrée dans ma poche. Il m'a regardé, un peu hésitant, comme s'il voulait encore la reprendre, comme s'il pensait qu'il faisait une connerie, et puis s'est jeté sur sa mobylette garée un peu plus loin, l'a enfourchée et s'est comme enfui. Dans mes oreilles, ma tête, le moteur faisait comme des petites compressions d'air, des petits chocs silencieux très désagréables.

Je suis rentré chez moi, j'ai sorti du frigo une tranche de bœuf froid persillé, j'ai pris le pain et le Madiran, je me suis installé à ma table, et j'ai lu le texte de Jérôme, un texte qui n'était pas étouffé par la ponctuation, à moins qu'il ait voulu faire poète.

*

« Ça me fait du mal de penser à Laura

j'ai même pensé je l'avoue que c'était bien fait pour elle quand elle est morte elle m'avait plaqué peu de temps avant, on s'était engueulé quand je m'étais aperçu qu'elle sortait en même temps avec un autre type, je sais c'est un peu petit-bourgeois mais je l'ai senti comme ça.

Ça je ne l'ai pas dit au flic, juste que je ne sortais plus avec elle, on a sa dignité.

J'étais avec elle depuis un an à peu près, c'était une fille formidable, assez intelligente même si dernièrement on n'était pas d'accord, surtout question politique, elle voulait que je quitte les JC et elle disait que mes parents me manipulaient. Ça c'était typiquement elle, répercuter ce que disent les autres tarés de trotskistes.

Je ne la voyais plus donc je n'ai pas grand-chose à dire sur elle de récent en tout cas je ne crois pas qu'elle avait comme on dit de "mauvaises fréquentations". La bande dans laquelle elle était, et moi aussi, est très calmos et tran-

quille, on se ressemble pas mal on se connaît depuis la seconde, pas d'histoire de dope personne ne s'est fait racketter, tous à peu près des "bons élèves", y'en a bien un qui se fait des graphs la nuit dans les gares du coin mais il se considère comme un artiste urbain et ce n'est pas le genre rapzone. Je pourrai bien sûr vous énumérer tous les mecs et les nanas du groupe mais ça n'avancera pas à grand-chose, un ils n'ont pas grand-chose à dire ils pensent au bac comme des malades parlent beaucoup de philo vont beaucoup au cinéma, et sortent ensemble à tour de rôle c'est pas de l'échangisme bourgeois parce qu'on est jeune, mais.

Deux vous les verrez un jour ou l'autre puisque vous faites le détective. Je me demande d'ailleurs à quoi ça va vous avancer ce genre de truc à la vengeur masqué

ce que je peux dire sur Laura aussi c'est ce mélange entre son visage d'enfant et sa vie privée très adulte, si on peut dire, elle avait commencé à 15 ans sans problème. Sur ce plan-là j'ai pas de honte à dire qu'elle m'a tout appris pour elle le cul c'était plan plan tranquille normal et non problématique, ça vient de sa mère elle est psy. C'est justement ce côté adulte qui ne me plaisait pas trop à moi et c'est pour ça qu'on s'est engueulé je suis moi plutôt du côté de l'émotion.

Quelque chose de bizarre ?

Justement les histoires politiques

me faire chier avec ça, ce qu'elle n'avait

jamais fait avant elle utilisait même des vieux trucs de 68 pour me mettre dans les dents l'attitude des communistes à ce moment-là, alors que j'en ai rien à foutre de 68, mes vieux m'ont suffisamment gonflé avec ça.

Remarque, avec tout ce qui se passe en ce moment, les socialistes qui sont une vraie droite comme celle qu'on s'est farci avant 81 c'est un peu normal que tous les jeunes concernés parlent de ça mais elle, c'est bizarre, c'était pas son genre je ne sais pas trop qui a pu lui mettre ça dans la tête, un prof sans doute,

Essayez de voir Fabienne, sa sœur, mais vous la connaissez ou alors son dernier mec, l'autre type il s'appelle Maurice Lentec, il ne parle que musique, hard rock tout ça, c'est un chevelu, vous ne pouvez pas le louper. Rosario le connaît bien, il vous branchera au Mickey. Si je donne son nom c'est pas par vengeance, c'est comme ça, c'est son dernier mec, il a peut-être des trucs à dire et puis n'importe comment quelqu'un vous le dira alors autant que ce soit moi question de responsabilité.

Je ne sais pas si vous avez raison de faire ce que vous faites. Si je vous écris c'est en toute confiance j'ai été dans votre jardin et ce sont des beaux souvenirs que j'ai de Laura

je vous demande donnant donnant de détruire cette lettre je ne veux pas être accusé un jour de délation alors que ce n'est pas ce que je ressens en écrivant tout ça. J'ai simplement beaucoup de peine, et si j'étais Gérard de Nerval, je pourrais dire impunément que mon cœur saigne, mais je n'ose pas. »

Ce n'était pas signé.

Je me suis demandé un instant si je n'allais pas effectivement la brûler, cette lettre, cette tranche d'intime, mais ce que je voulais faire d'abord, c'était amasser, il me fallait garder toutes les confessions que j'allais obtenir.

Et pas chez moi, on ne sait jamais, les flics pourraient se mettre à fouiller un jour partout, et les gosses auraient peut-être des emmerdes, en plus ils m'accuseraient de trahison. Il me fallait donc les planquer dans un endroit sûr, le jardin, bien sûr, et pas la cabane.

Demain matin, j'envelopperai la lettre dans un gros sac de plastique noir et j'irai l'enterrer au fond du carré de Toto, là où ses salades ont monté à presque un mètre de haut, toutes brûlées par le froid, jaune et marron, un vrai scandale, des scaroles.

Et puis j'ai décidé d'écrire au commissaire. Pour qu'il ne s'énerve pas trop. J'ai toujours résisté à la flicaille, le plus possible, mais j'ai appris, avec le temps, qu'eux aussi sont de grands enfants et quand on est gentil avec eux, quand on fait son petit effort, comme un petit caca, ils se sentent rassurés et sont persuadés de vous avoir foutu une trouille d'enfer.

Cher commissaire,

Vous n'êtes pas au bout de vos peines. Je ne

peux pas, bien sûr, savoir à qui Laura a parlé de mon jardin. Comme je pense que, dans ce monde pourri, c'est un vrai petit coin de paradis, et comme je sais que Laura y venait pour trouver un peu de repos, de soleil, d'abstraction, elle n'a pas étudié ce cher Voltaire pour rien, ça risque de faire un paquet de monde.

En plus vous encouragez la délation en me demandant une telle liste. Et vous appuyez votre demande avec une menace me concernant qui me troue positivement le cul. Vous savez que je ne suis pour rien dans toute cette histoire et vous me mettez en première ligne.

Avouez (excusez le terme) que ça a de quoi m'énerver.

Cela dit, je sais que vous avez déjà interrogé, avec cette politesse, ce civisme, voire cette élégance qui sont les vôtres, ceux dont j'aurais pu vous dresser la liste. Son fiancé, Jérôme, sa sœur, Fabienne, sa meilleure amie, Anne, plus deux ou trois autres adolescents braillards de sa classe, et un ou deux professeurs... Des gens qui vous ont dit que j'étais quelqu'un de calme, de silencieux (eh oui) et qu'il était impossible que je. Bref. La seule révélation que je peux vous faire c'est que Laura aimait surtout venir seule, pour s'allonger, casque sur les oreilles, dans la parcelle à côté, elle lisait toute la journée en mangeant des pommes vertes.

J'aurais presque pu les entendre craquer.

Ne me cherchez plus, cher commissaire, ou je vous fous de la fédération anarchiste du Val-de-

Marne dans les dents. Ils sont quatre et vous deux mille. Alors attention.

E. Jovillar

Et puis je me suis fait un café bien fort, dans lequel j'ai trempé, vite, sinon ça ramollit, mes chères gaufrettes. La première disait : « Pense à moi. »

*

Le lendemain, je suis revenu au Mickey, bien avant 8 h 10, avant la sonnerie.

Le grand mur, devant le bahut, récemment repeint en blanc immaculé, s'ornait d'un magnifique graffiti : PLACE DE MA MOB, avec une flèche vers le bas. Ça m'a bien fait rigoler.

Rosario était déjà vissé sur son siège de bar, mal réveillé, sirotant son café, tentant malgré lui de nouer la conversation avec la belle pionne aux yeux verts et aux taches de rousseur, assise plus bas, sur la banquette, qui prenait des forces en mordant à belles dents blanches dans un croissant tout craquelé.

J'ai attiré son attention en lui filant un mot où je lui demandais de me mettre en contact avec Maurice Lentec.

TU VEUX MONTER UN GROUPE DE ROCK ? il m'a répondu, sur le même papier.

Et puis il est sorti, en s'engueulant au passage avec Marie-Louise qui devait lui demander s'il avait l'intention de la payer, mais il a dû lui répondre une grossièreté alors elle a pris son torchon et je suis intervenu pour signifier à la patronne que le café, c'était pour moi.

Françoise Meyer avait assisté à tout ce manège en riant des yeux, moi aussi j'étais troublé, un peu myope, elle avait un de ces regards vagues et pensifs en vous fixant… Et toutes ces taches de rousseur tout autour. Du sable entourant de l'eau presque turquoise.

Ça m'allait bien, tiens, de faire de la poésie. De divaguer dans les emblèmes de la beauté des dames. Mon handicap m'a toujours interdit de vivre longtemps avec une femme, mon silence total est trop lourd à supporter au fil des jours, et mes grognements éventuels aussi. Alors je les aime de loin, même si, parfois, je les ai approchées, l'espace d'un instant tonitruant.

Après tout, Françoise, elle aussi, devait connaître Laura, d'une manière un peu plus professionnelle, mais tous les avis étaient les bienvenus. D'un geste je lui ai demandé la permission de m'adresser à elle, je lui ai donné un de mes questionnaires, elle l'a lu, m'a souri et l'a fourré dans son sac.

— D'accord, j'ai lu sur ses lèvres.

En sortant du café, j'ai dû traverser un attroupement déjà conséquent d'élèves joyeux, comme tout à coup débridés. Des calicots roulés autour de piquets, des badges sur les poitrines, des pancartes, des attitudes un peu malhabiles. Un départ de manif. Je connaissais ça par cœur. Je n'entendais pas les amorces de slogans déjà marmonnés par toute cette petite foule mais le bruissement général me faisait du bien, me procurait comme un plaisir oublié. Des jeunes qui vont au charbon, même s'ils ne savent pas trop quoi défendre, s'ils ont de bonnes bouilles, des visages qui espèrent, c'est toujours dangereux, c'est toujours des esprits prêts à aller de l'avant. Ils me font marrer ceux qui à coup sûr vont trouver qu'ils sont déphasés par rapport à, que ce sont des petits-bourgeois par rapport aux, qu'ils sont nantis en face de ceux qui, moi, j'espère toujours que potentiellement, ils peuvent foutre un bordel d'enfer. Ce qui, à priori, me ravit.

Il y avait Jérôme, dans le tas, qui s'est chargé d'éviter un peu mon regard et, plus loin, Fabienne. La petite sœur. Autant brune que l'autre était blonde. Comme un petit oiseau, un peu un visage d'étourneau. Elle est venue vers moi, énervée et m'a glissé un papier, que j'ai lu immédiatement.

LAISSEZ LAURA TRANQUILLE. SI VOUS CONTINUEZ VOTRE SALE BOULOT, MA FAMILLE PORTERA PLAINTE.

Si ce n'était pas un paquet de trouille, ça, je donnerais volontiers mes yeux pour la science.

J'ai vite sorti mon calepin et je lui ai griffonné, tout en marchant à côté d'elle, sur le bord de son petit groupe, un mot à la va-vite :

VENEZ ME VOIR AU JARDIN QUAND VOUS VOUDREZ. J'Y SUIS TOUS LES APRÈS-MIDI.

Elle l'a déchiré ostensiblement, sans le lire, l'a jeté par terre, puis elle a parlé avec une certaine véhémence avec ses copains les plus proches. Ils se sont approchés de moi, en demi-cercle, comme s'ils voulaient me casser la figure. Elle leur avait dit que je devais être un facho ou quelque chose comme ça, car j'ai senti qu'il ne fallait pas que je me mette à dialoguer.

J'ai battu en retraite vers le Mickey-Bar.

José Pocardi, cape sur le dos, canne à pommeau à la main, sortait, impérial, du bistrot et, bloquant théâtralement l'entrée, m'a donné une feuille de papier noircie de son écriture si fine pour un cabot dans son genre, une calligraphie régulière, se regardant en tant qu'écriture.

Je l'ai remercié du meilleur sourire silencieux que j'avais en réserve. Il est parti rejoindre les rangs de la manif, à grands moulinets de bras, comme si c'était lui qui faisait avancer la joyeuse troupe.

J'ai bu un express. Goût de désespoir. Ça commençait mal. Jérôme, le fiancé, en plein remords d'avoir « collaboré », avait dû me tailler un costard auprès de Fabienne et consort. Je m'étais fait griller bêtement en allant trop vite, en ne m'adressant pas aux bonnes personnes. J'aurais dû peut-être commencer par la marge, ceux qui étaient loin de Laura, et, petit à petit, remonter vers le centre du cercle, comme la miette qui tournait sur la surface de mon café.

Je me suis plongé dans la lettre de José, tout en sachant que je n'avais pas grand-chose à en attendre, que ça allait être encore un morceau de prose du genre, tu le sens, mon gros style ?

Cher Poirot,

Je ne vous serai d'aucune utilité. Étant d'un âge nettement plus avancé que mes camarades, j'ai pris, scolairement, un peu de ce retard typique que les cerveaux en ébullition connaissent, car ils ne sont jamais en phase avec ce que l'éducation demande à la moyenne, je ne fais pas partie des bandes, regroupements et autres collusions autant symptomatiques qu'épisoïdales auxquelles Laura accordait ses faveurs. Je ne sais presque rien d'elle, ni de ses proches, et, de plus, je fais en sorte de ne rien savoir des constituantes de la peuplade de base de Jules-Romains. J'ai une mission, je crois que vous savez laquelle.

Être écrivain, c'est savoir se retirer du monde tout en faisant semblant d'y participer. Une blancheur à la Blanchot, je pourrais dire (si vous connaissez…).

Ceci étant dit, je peux vous livrer une certaine anecdote qui est sans doute le seul approfondissement que j'ai de Laura. De cette jeune fille, j'ai une vision, celle de ses seins blancs. Eh oui.

Il y a deux ans, les deux ou trois pauvres élèves, ils ne sont plus là, qui s'occupaient des projections du Ciné-Club, semblaient tromper un ennui qui paraissait ontologique (alors qu'il n'était que le signe de leur superficialité) en organisant, derrière l'écran de la salle de cinéma, sur la petite scène de bois qui sert de temps en temps au théâtre autant de lycée que de patronage, des concours de fléchettes. J'y ai participé, un midi, pour savoir ce qu'aurait pu éprouver quelqu'un comme James Joyce jouant aux « darts », dans un pub mal famé de Dublin. Le Grand Irlandais devait, ce jour-là, m'assister, car j'ai gagné. La récompense était une jeune fille de seconde, en l'occurrence Laura, qui, rosissante, soulevant son tee-shirt marqué du sceau de Jean-Jacques Goldman, m'a montré deux petits, et déjà bien ronds, nibards blancs, pointés de faible rose pâle, une poitrine adolescente pas encore malaxée par la sauvagerie de l'adulte. J'en fus relativement retourné. Je ne lui ai jamais parlé depuis. Je préférerais en rester là, garder d'elle cette vision un peu laiteuse.

Voilà, mon bon Poirot, mon écot à votre quête.

Bien amicalement.

José Pocardi.

Au moins, il avait de l'humour. Ça m'a calmé un peu, je n'avais plus les nerfs en queue de singe, comme à l'instant où je m'étais accoudé à ce comptoir.

Au fond du café, Zaïr, debout, je voyais sa tignasse dépasser au-dessus du comptoir, avait l'air absorbé par un spectacle qui le rendait puissamment perplexe. Je me suis levé. Deux gros types, dont l'un en débardeur gris, jouaient aux cartes. En venant les regarder d'un peu plus près, j'ai vite compris qu'ils faisaient un « pouilleux », faire des mariages et ne pas garder le valet de pique. Ça me semblait dément de voir ces deux gros camionneurs, sans doute des potes du mari de la patronne, jouer à un truc aussi enfantin. Mais j'ai vite réalisé les différences. Celui qui a perdu a soupiré longuement, puis a posé sa pogne à plat sur la table. L'autre a réuni les cartes, les a mélangées, puis s'est mis à les tirer une à une, en les plaquant à grand bruit sur la table : pour un trèfle, il pinçait violemment la peau du dessus de la main du perdant, en la vrillant entre ses doigts, pour un pique il griffait, sa main en crochet, le dessus de la paluche déjà un peu rouge, pour un carreau il tapait brutalement de son poing fermé, écrasant un peu plus les doigts déjà mauves, pour un cœur repos, une caresse. Le torturé en avait les larmes aux yeux, mais sa bouche restait close, et ses yeux fixés sur les cartes. Sa main avait déjà un peu enflé et prenait une belle couleur violette. Et puis le valet de pique est sorti et la punition a cessé. Le gagnant a payé un coup et ils se sont remis à jouer.

Zaïr m'a écrit au feutre sur le coin de la table : POUILLEUX MASSACREUR. ON EN FAIT UN ?

J'ai fait violemment non de la tête et je l'ai poussé vers une table, en sortant mon calepin.

Il a fait la gueule, l'orthographe, c'est pas sa tasse de thé à la menthe. Mais on a réussi un peu à dialoguer. Ce que je voulais savoir, c'est s'il y avait une récréation le matin et qu'est-ce que faisaient les profs à ce moment-là. Il y avait dix minutes de battement, et les profs buvaient le café dans leur salle, il m'a écrit en retour. Je lui ai demandé de m'y amener le lendemain. Il a dit oui, contre une bière. Je lui en ai promis une caisse s'il me trouvait, en plus, et d'ici là, la liste complète des profs de la classe de Laura.

Il a repris le calepin et le stylo et a marqué : FASIL.

Il s'est levé et est allé trouver un paquet d'élèves agglutinés près de la porte, attendant de se joindre à la queue de la manif. Il leur a parlé, les autres l'ont regardé bizarrement, j'ai vu qu'il prenait des notes et puis il est revenu me donner la liste.

J'ai marqué sur le calepin : KRO OU HEINEKEN ?

— Tuborg, j'ai lu sur ses lèvres.

J'ai attiré l'attention de Marie-Louise et lui ai fait comprendre d'arroser Zaïr pendant la semaine, la note pour moi. Elle ne m'a pas regardé comme un corrupteur possible de la jeunesse mais comme le pauvre type qui venait de se faire embobiner par l'autre zozo.

Dehors, le cortège des lycéens s'est ébranlé, direction la gare. Je les ai observés se mettre en marche, j'ai pensé un peu à toute cette mauvaise et récurrente littérature des journaux sur les jeunes, comme quoi ils n'ont rien dans la tête, que le monde a bien changé, maintenant ils réclament du fric et des pions, tout ça, et je me suis dit que ceux qui disent de telles conneries sont bien sûr des jaloux qui regrettent le temps où ils pouvaient se permettre de faire, eux aussi, des manifs, des crétins qui ne comprennent pas que tous ces ados, avec leurs belles enjambées et leurs visages nerveux, tendus, trouveront bien en route de quoi faire sauter ce monde qu'ils n'aiment pas.

L'après-midi, après la belote rituelle, au Thermomètre, Germanaz tenait la grande forme et sortait des « cent » à qui mieux mieux, je suis revenu aux jardins.

Il faisait beau. Sur les lilas, les bourgeons commençaient à être assez gros. Les feuilles pointaient. Deux parcelles plus loin, Marcelle bêchait, je voyais sa robe en acrylique à grosses fleurs rouges. Une nature, celle-là. Une main verte comme j'en ai jamais vu. Si elle crache dans sa terre, tu peux être sûr qu'un arbre à glaviots va y pousser directo. C'est son mari qui est titulaire du jardin, mais on le voit jamais, c'est elle qui officie, elle le laisse au bistrot où les seules choses qu'il plante, ce sont ses coudes sur le comptoir.

J'ai sorti une chaise pliante et je me suis assis au soleil, étirant mes jambes. Devant moi, un peu sur la gauche, sous la gouttière du cabanon de Toto, il y avait le bidon où Laura avait trempé, l'espace d'une nuit.

J'avais le cœur serré, mes jambes me faisaient mal.

Marcelle est venue m'apporter des plants d'épinards, des Matador. Comme c'est un légume qui a tendance à épuiser le sol, j'ai décidé de les repiquer en bout de parcelle, presque en bordure, là où, dans trois mois, je mettrais de la scarole, de la géante maraîchère, pour en avoir cet hiver. Ça m'a changé les idées de me remettre à penser aux légumes, au moins c'étaient des idées qui avaient un avenir, c'était du travail qui pouvait avoir un résultat. Et puis, en évoquant intérieurement ces grosses salades qui pousseraient en décembre, avec leur magnifique cœur vert-blond, bien sûr j'ai repensé à Laura.

J'ai laissé mon moral baisser en même temps que le soleil.

Vers le soir, j'étais aussi bas que le photon ambiant. J'en étais venu à espérer que les flics trouvent rapidement l'assassin, pour me libérer la tête et les nerfs, même si je n'ai jamais eu à me réjouir de savoir qu'un type finirait en taule, petite mort organisée, saloperies de tous les jours, purgatoire aux allures d'enfer, graine de suicide. Et moi, je ne savais plus bien ce que je faisais là-dedans, pourquoi je m'agitais de la sorte et qu'est-ce qui pouvait bien me pousser à faire le zozo de banlieue, le Sherlock de Monoprix. Le sourd-muet passe son temps à se parler, à dialoguer silencieusement, et ces diatribes intérieures, ce n'est pas du monologue, ce sont toutes les conversations qu'on ne pourra jamais avoir avec les autres, les vrais zorros.

Et, en conversant de la sorte avec celui à qui j'aime le mieux parler et qui m'entend parfaitement, mézigue, j'en suis arrivé à quelque chose d'absurde, quelque chose qui m'est venu en repensant brutalement à un livre que Laura m'avait passé, il y a déjà au moins six mois, un truc polonais, Fredi quelque chose, où toute une partie consistait en un long cri d'amour stupide pour un personnage dénommé la jeune lycéenne moderne. *Ferdydurke* c'est ça. Le meurtre de Laura devait me concerner, me désigner, devait avoir de quoi intéresser ma propre histoire, mon enfance peut-être, ma manière de penser, ce à quoi je ne suis jamais parvenu, que je n'ai jamais réussi, ou bien, je ne sais pas, ce que j'ai justement trop bien réussi. Ce meurtre ne pouvait pas être l'agression crétine d'un violeur de bas étage qui se farcit jusqu'à l'os une jeune fille rencontrée par hasard, ce n'était pas le méfait d'un copain, les jeunes s'aiment trop entre eux, font face, surtout en ce moment, n'éliminent pas leurs forces comme ça, ne torturent pas, en plus.

On l'avait mise dans mon bidon. On voulait me dire, même inconsciemment, quelque chose.

*

Le lendemain, en buvant mon café, abruti, les coudes vissés au formica de la table de la cuisine, j'ai lu le journal du matin qui disait que la manif de la veille avait été une preuve supplémentaire du réveil lycéen, bien que, sur sa fin, elle ait dégénéré, toujours du fait de « certains groupes toujours incontrôlés ». Et la police avait fait son travail, et de la seule façon qu'elle savait et aimait le faire, il y avait des blessés, la répression avait été un tantinet brutale et du coup les lycées avaient lancé un appel à la grève ce matin. Normal.

J'ai fermé les yeux et sorti une gaufrette de la grande boîte en fer. « Ça s'arrange », elle conseillait. Ah bon ?

Au Mickey-Bar, Marie-Louise m'a sauté sur le paletot, me montrant Zaïr, et me demandant si, aujourd'hui encore, j'avais décidé de lui payer ses coups. Je lui ai répondu d'un coup de tête affirmatif et je n'ai pas entendu Zaïr commander quelque chose qui a laissé la patronne comme deux ronds de flanc. En attendant un peu, j'ai vu arriver devant le jeune lycéen, une tisane, verveine-tilleul. Marie-Louise, pantelante, l'a regardé la boire lentement, craignant apparemment qu'il ne s'en serve pour se laver les crocs ou gominer sa tignasse.

Et puis Zaïr m'a accompagné au lycée. Tout était ouvert, à cause de la grève, et, seul, un piquet d'élèves filtrait simplement l'entrée pour éviter des visites impromptues. Zaïr a parlementé avec eux, et ils nous ont laissés passer. On a longé le bâtiment A et le garage à vélos et à mobylettes. Puis en montant un grand escalier gris aux murs recouverts de graffitis et de traces anciennes de fresques, nous sommes arrivés dans une sorte de hall, un peu sombre, noir de monde. Sur une table, un mégaphone à la main, un lycéen haranguait ses congénères. Je n'entendais rien, mais il y avait une pression énorme sur ma tête, signe qu'il devait y avoir une ambiance sonore à tout casser, que ça devait crier, s'engueuler, hurler. Je sentais, dans ce vrombissement muet, toute une sorte de joie, toute une sorte de tension et d'énervement. Et puis l'orateur s'est fait proprement virer de son perchoir, deux autres lycéens en venant presque aux mains pour s'arracher le mégaphone, objet absolu de la convoitise militante. Une bonne ambiance qui me rappelait les grandes AG du syndicat que j'adorais suivre, pour deviner, aux faciès, aux réactions de ceux qui écoutaient et éructaient, aux mouvements de foule, la teneur idéologique de l'orateur. En tant qu'anarcho-syndicaliste, connaissant parfaitement ceux de ma tendance, c'était facile, car tous les autres étaient obligatoirement des petits chefs, des kapos, des sociaux-traîtres, des chiens de garde du capital.

Quand Zaïr s'est mis à hausser les épaules d'une façon un peu mécanique, il en avait assez, je lui ai fait signe et il m'a amené à la salle des profs. Je faisais en sorte de bien repérer les lieux, les rangeant dans ma mémoire, tentant de dresser un plan informel des lieux. Le long du couloir aux murs orange et gris, beaucoup de gosses assis, des très jeunes un peu décontenancés, peut-être leur première grève sur le tas, en train d'observer toute cette agitation et, en même temps, de réviser leurs leçons sur des livres scolaires, ouverts à même le sol. Beaucoup de couples aussi, la joie et l'excitation d'une certaine liberté renforçant les leurs, leur donnant force et courage de se rouler des patins, et d'en avoir le droit, ce n'était pas un jour comme aujourd'hui où l'on pourrait leur interdire de s'étreindre aux yeux du monde. Je ne voyais pas beaucoup d'adultes, noyés dans le tas d'élèves, cinq cents ou six cents braillards entassés dans ce premier étage du bahut.

Nous sommes passés devant un petit hall, se trouvant au rez-de-chaussée de l'autre entrée, donnant sur un terre-plein avec quelques fleurs et une bizarre statue de métal, le lycée étant construit à flanc de colline, et Zaïr m'a enfin indiqué la porte entrebâillée de la salle des profs.

J'ai pris mon courage à deux mains et je suis entré. Beaucoup de monde, odeur de cigarettes, odeur aussi de l'alcool servant à faire les polycopiés, odeur également de photocopieuses chaudes, odeur de sueur, les professeurs, en groupes, certains assis sur des tables, faisaient aussi, de leur côté, une mini AG.

Ils m'ont à peine remarqué, j'en ai salué certains, il y avait beaucoup plus de femmes, n'insistant pas trop, et je me suis dirigé vers les casiers de bois, certains, ouverts, semblaient vomir des amoncellements de livres et de copies entassés, qui s'alignaient le long du mur de droite, juste à côté d'une machine à café devant laquelle un autre groupe d'adultes s'agglutinait. J'ai glissé un questionnaire dans ceux qui étaient marqués des noms des profs de Laura.

Et puis on m'a frappé sur l'épaule. Un type, frisé, souriant. Que je connaissais, il était venu l'année dernière aux jardins, vers l'été, avec Laura. Son prof d'anglais, je crois, un type gentil, un peu hautain. Je lui ai donné un questionnaire, il l'a lu en vitesse, a opiné gravement de la tête et m'a attiré vers le fond de la salle.

Il a pris une feuille de papier sur une table, cendrier plein de mégots, tracts du SNES en vrac, m'a fait asseoir et s'est mis à écrire.

FAITES GAFFE, VOUS N'AVEZ PAS LE DROIT D'ÊTRE ICI.

JE CROYAIS QUE LES LYCÉES PRISONS C'ÉTAIT FINI, j'ai répondu, sur la même feuille.

L'EXTÉRIEUR EST ENCORE TROP PROBLÉMATIQUE POUR OUVRIR COMPLÈTEMENT LES PORTES. C'EST UNE GRÈVE, PAS UNE JOURNÉE PORTES OUVERTES.

Il m'a fait lire ce qu'il venait d'écrire puis a rajouté :

POURQUOI VOUS FAITES ÇA? C'EST

IDIOT, TOUT LE MONDE VA SE MÉFIER. À JUSTE TITRE.

EST-CE QUE VOUS AIMIEZ LAURA ? j'ai simplement répondu.

Il m'a observé avec un drôle d'air, a haussé les épaules.

TOUT LE MONDE EST ENCORE TRAUMATISÉ PAR SA MORT, VOUS ALLEZ VERS DES EMMERDES MAXIMUM. PRESQUE PERSONNE NE VOUS CONNAÎT, ICI.

Je l'ai arrêté de la main, écrivant à toute vitesse à la suite de ses derniers mots : VOUS, OUI.

Il m'a regardé en soupirant.

JE RÉPONDRAI. NE RESTEZ PAS LÀ.

Il m'a accompagné, me poussant, la main sur le coude, dans le couloir. En passant, il a refermé son casier à clef, j'ai lu son nom sur la petite porte de bois. VUELLE. C'est ça, je m'en souvenais maintenant, il m'avait même, au mois de juin dernier, demandé la permission de faire des photos dans les jardins, un ami qui cherchait, pour une couverture de bouquin, ce genre de paysage. Laura avait même dû me dire qu'il était aussi journaliste, si ma mémoire était bonne.

Il m'a guidé hors de la salle. J'ai senti que deux ou trois profs nous regardaient avec un peu plus de curiosité, mais je n'ai pas affronté leur suspicion.

Dehors, je me suis dégagé, l'ai salué, tout sourire. Zaïr ne m'avait pas attendu. J'ai montré au prof, le bout du couloir, par où j'étais arrivé, lui faisant comprendre que j'allais repasser par là. Il m'a laissé partir à contrecœur et j'ai senti son regard sur mon dos tandis que je m'enfonçais à nouveau dans la petite foule d'élèves qui encombrait de plus en plus le hall où se déroulait l'assemblée générale.

Je me suis taillé un passage le long de grands panneaux de bois où la vie de Jules Romains était expliquée aux générations futures mais où, maintenant, étaient punaisées de grandes feuilles de papier, chacune intitulée « Commission ». Il y avait la commission sécurité, la commission élection au bureau départemental, la commission programme, la commission communication, etc. Comme aux beaux jours.

L'orateur véhément avait changé, c'était un jeune élève à lunettes, genre responsable, et ce qu'il proférait n'avait pas l'air de plaire à la masse, des mouvements divers, genre houle, tentaient manifestement de le faire descendre de son perchoir. Au fond du hall, il y avait quelques élèves hilares, se donnant tout à fait un air cynique et supérieur, qui brandissaient un calicot de fortune sur lequel était inscrit, au gros feutre : TOUT CECI EST DE L'ORDRE DE LA CONNOTATION LAUDATIVE.

Pas très loin d'eux, un agglomérat forcené de corps gesticulants s'entassait devant une porte ouverte. Venant de là, je sentais encore plus de cris, plus de hurlements. Mon crâne résonnait en creux. Je me suis approché, mais ce n'était qu'une vente de petits pains. Des gosses se grimpaient dessus, l'argent à la main, tentant d'obtenir la manne au chocolat distribuée par un chevelu hilare et gueulant. Derrière ce dernier, une petite salle, avec une sorte d'échafaudage en métal, sur lequel trônait un appareil de projection 16 mm, un Bell Howell, on avait le même à *La Vie du Rail*, pour visionner les films d'entreprise. Un lycée avec une salle de cinoche. J'ai pensé un instant que les gosses, aujourd'hui, étaient quand même vernis… Moi, j'ai tout appris avec les livres, et les illustrations.

Bien sûr, je ne pouvais pas faire autrement.

On m'a tapé sur l'épaule, j'ai reconnu Françoise Meyer, le visage grave, qui m'a attiré un peu plus loin, tentant de me faire comprendre, elle aussi, que je n'avais pas à être là. Elle m'a amené à côté d'un bureau, pas loin, sur la porte, il y avait marqué « Conseiller d'éducation », elle m'a signifié d'attendre un instant et elle est entrée, puis ressortie, me tendant une enveloppe. Je lui ai souri et puis j'ai gagné la sortie. Je suis passé alors devant une porte orange à double battant donnant sur une grande salle sombre et que je sentais bruissante. La salle de cinéma, une deuxième entrée. Des sièges eux aussi orange, plein de mômes, des petits, leurs énormes cartables et leurs sacs de gym à la main, qui semblaient sortir en criant, leurs yeux clignant dans la soudaine lumière. Je suis entré et me suis assis, au fond. Dans un trou, au-dessus de moi, un faisceau lumineux clignotait. C'était la fin d'un film sur le gaz de Lacq, le générique remerciant en long et en large l'EDF-GDF et la Région Midi-Pyrénées. La salle était pleine d'élèves qui venaient donc de se farcir un documentaire auquel ils n'avaient pas dû comprendre grand-chose. La salle ne s'est pas rallumée pendant que le projectionniste remettait une bobine. Des gosses sortaient, d'autres entraient, tout ça dans une atmosphère bousculade bon enfant. L'écran s'est mis à nouveau à scintiller et là c'était « Charlot fait une cure ». Je suis resté, ne pouvant plus ôter mes yeux de l'écran, c'est bien sûr le cinéma que je préfère, le cinéma sourd-muet, celui qui n'a jamais eu besoin de paroles. Rire, innocemment, m'a fait du bien, j'ai toujours préféré les premiers films de Chaplin, là où il est si méchant qu'il en devient presque anar. Dans celui-là, il faisait le rôle d'un gandin bourré du matin au soir, tentant de boire de l'eau du genre thermal. Il réussit bien sûr peu à peu à saouler toute la station. Je sentais les élèves rigoler ferme eux aussi, les petits s'amusaient pendant que leurs aînés faisaient la grève et tentaient de reconstruire un monde qu'ils trouvaient peut-être aussi burlesque que celui de Charlot, mais moins rigolo. Leur monde était sérieux, dramatique. Un monde où il n'y avait pas beaucoup d'espoir pour eux. Un monde où l'on tuait aussi les jeunes filles.

Je suis sorti avant la fin du film, j'ai arpenté le couloir toujours aussi encombré, repassant par le grand hall, l'AG toujours mouvante, je percevais des flottements, comme si beaucoup d'élèves en avaient marre. C'était Jérôme qui officiait, mégaphone à la main, Zorglub haranguant ses troupes de zorglhommes. Personne ne tentait de lui arracher l'appareil des mains et on sentait à peu de choses, des gestes automatiques de sa main libre, des regards conquérants, une manière apparente de parler lentement, qu'il avait l'habitude de ce genre d'exercice. Il y avait sur les bords de la petite foule, quelques adultes, des profs sans doute, et puis j'ai remarqué un type, à l'aise, souriant, vaquant un peu en retrait, écoutant, et j'ai reconnu un des flics de Gaillet, un de ceux qui m'avaient gardé, le jour où j'avais patienté au commissariat, le jour où j'étais un suspect, une ordure en puissance.

Là, en plein milieu lycéen, un flic. Au renseignement. Y voir un peu ce que trament ces petits cons. Repérer les agitateurs. Bravo, les bonnes manières ne se perdaient pas.

J'ai senti tout à coup les effluves particuliers de l'animosité, de la tension. Devant moi, Fabienne, entourée de plusieurs lycéens, m'avait reconnu et me barrait le passage. Je l'ai regardée et j'ai lu sur ses lèvres.

— Foutez le camp !

Je leur ai fait signe de patienter un instant, ai sorti mon stylo et j'ai marqué sur l'enveloppe :

AVANT DE ME JETER. VOUS AVEZ DU BOULOT. IL Y A UN FLIC LÀ-BAS. QUI MATE. Cette fois, elle a lu mon petit mot doux, les autres garçons aussi, par-dessus son épaule, ils ont tourné la tête, je leur ai fait signe de me suivre, je me suis approché du poulet, dans son dos, leur ai désigné, et j'ai pris l'escalier.

Derrière moi, j'ai perçu que ça s'agitait ferme.

*

Au Mickey-Bar, je me suis attablé devant une Suze-cassis, c'est facile à commander pour quelqu'un comme moi, il faut simplement toucher son futal (un pantalon, car il ne s'use qu'assis), et j'ai décacheté la lettre de la belle pionne :

Cher monsieur,

J'ai accepté de répondre à votre « questionnaire », parce que je vous connais un peu. Pas par Laura, la pauvre fille, mais par un professeur qui m'a parlé de vous étant venu dans votre jardin, son professeur de français, Michel Fray. Je n'ai pas beaucoup de choses à vous apprendre sur Laura. J'ai épluché la fiche que nous avons sur elle, au bureau de la conseillère d'éducation (de votre temps, et du mien, même, on l'appelait la surgé) où je travaille parfois. Une élève tranquille, pas spécialement dissipée, pas beaucoup d'absences, presque pas de retards, sauf effectivement sa dernière semaine, deux retards un matin, ce qui est un peu inhabituel chez elle (elle habitait cité Bonmousseau, pas très loin du bahut, elle n'a pas dû se réveiller), assez bonne élève, jamais redoublé, les profs l'aimaient bien, le mot qui revient le plus souvent sur les appréciations est le très convenu « très mûre pour son âge ».

Je la voyais quelquefois, l'année dernière, c'est elle qui était déléguée de sa classe, mais jamais une histoire. La seule chose, en début de l'année, elle s'est battue un peu « durement », avec un élève de troisième, Mohand Bellaïche, qui habite dans sa cité, mais ils ont fait la paix devant nous, au bureau, une histoire d'injure, vous savez les jeunes manient facilement des mots dont ils ne comprennent pas toujours la charge émotionnelle. Mohand l'avait « traitée », elle avait mal réagi, ça arrive tous les jours ici.

De bizarre, donc, rien : une histoire, simplement. Un peu idiote, mais je ne résiste pas.

Il y a trois mois environ, l'animateur du foyer a déboulé dans mon bureau, car, après une séance de ciné-club, il avait trouvé, dans la salle de projection, un paquet, ne portant ni nom, ni signe distinctif.

Emballé dans du plastique, il y avait un maroilles d'un kilo. On a trouvé étrange qu'un élève puisse emmener au lycée un si gros fromage, qui puait tellement qu'on l'a remballé soigneusement et qu'on l'a mis, dans le bureau, sur une armoire.

Il y est resté toute la journée, embaumant sérieusement les lieux. Au moment où on allait s'en séparer (la surgé était au bord de l'évanouissement) Laura est entrée, rougissante, demandant si on avait pas trouvé son quatre-heures qu'elle avait dû oublier au Ciné-Club. Amusées, on lui a donné, sans rien demander.

Je trouve bizarre qu'elle n'ait pas demandé son fromage, c'est tout, et qu'elle ait inventé cette histoire de quatre-heures…

C'est un renseignement idiot, mais bon.

Je me suis permis de faire une photocopie de votre questionnaire pour la transmettre immédiatement à Michel Fray. Dès que j'aurai sa réponse, je vous la donnerai au Mickey, j'y vais trois jours par semaine, ou bien je la laisserai à Marie-Louise.

Je vous conseille de vous adresser à Anne Gadot, la meilleure amie de Laura. Toujours ensemble, elles me semblaient partager beaucoup de secrets. Comme toutes les jeunes filles. Laura avait beau être « mûre », comme on dit, elle n'avait que dix-sept ans, et je sais un peu encore ce que ça veut dire.

Bon courage.

Une belle lettre, bien écrite. J'étais content, cette jeune femme n'avait pas de présupposé sur ma démarche, bien sûr, elle ne disait rien vraiment qui puisse me faire avancer, mais elle avait pris sur elle de m'aider. Je pouvais considérer que j'avais comme une alliée dans la place.

Le flic que j'avais repéré, là-haut, au lycée, est alors entré dans le bar, un peu pâle, m'a tout de suite reconnu, a marqué un temps d'arrêt, puis est allé au fond du rade pour téléphoner, sans doute pour prévenir son chef qu'il s'était fait éjecter du bahut par des élèves l'ayant bizarrement repéré. Il en profiterait pour lui dire que j'étais là, que je faisais peut-être la sortie des écoles et que je guettais probablement une autre nénette à trucider dans les jours qui suivraient.

Rosario, portant un magnifique tee-shirt aux armes de la Vache qui rit, est sorti de l'arrière-salle, poursuivi de peu par une Marie-Louise échevelée, il avait dû aller l'emmerder jusque dans sa cuisine, il m'a aperçu, s'est installé en face de moi, m'a demandé un crayon et un papier et m'a écrit maladroitement que ça faisait trois jours qu'on avait pas vu Maurice Lentec, le rocker, mais que c'était normal car, avec ses potes, il devait donner un concert au lycée technique, à côté, près de la gare, le samedi suivant, pour leur fête annuelle. Donc, il devait répéter comme une bête.

Sur le papier, je lui ai dit merci et je l'ai prévenu que le type qui téléphonait, au fond, c'était un flic.

Rosario, lentement, s'est levé, a regardé, l'air de rien, un peu partout, puis vers la cabine, puis est allé parler à Marie-Louise. J'ai regretté de lui avoir dit ça, je pouvais maintenant m'attendre au pire. Ce genre de gugusse, ce n'est pas la peur du képi qui l'étouffe, sa famille nombreuse d'immigrés de longue date lui ayant forcément donné une saine aversion pour la flicaille doublée d'un manque de peur forgé par une pratique quotidienne. Rosario a embobiné la patronne, qui doit l'aimer en secret comme un fiston possible, car elle lui passe tout, lui permettant même, parfois, de servir et de prendre les commandes. Ni une ni deux, le Rosario va demander au poulet ce qu'il compte consommer, passe derrière le comptoir, tire un demi-pression, le met sur un plateau et, titubant un peu, s'avance vers la table où l'autre, un peu coincé, l'attend, l'œil rivé sur une vieille affiche de match de foot local. Rosario se prend alors les pieds dans un cartable, part en avant et s'étale sur la table du flic. La bière asperge tout, il y a du verre cassé jusque sur la banquette de skaï douteux, le policier, trempé, se lève, engueule Rosario qui fait, tête basse, amende honorable. Marie-Louise surgit de sa cuisine, torchon à la main, tape sur Rosario, qui me fait un clin d'œil, tente de réparer les dégâts, le poulet fait mais non mais non c'est pas grave, Marie-Louise doit lui dire que la consommation c'est pour elle, et qu'elle va lui en amener un autre, mais lui fait non non de la main et se casse en fusillant du regard quelques lycéens qui ne peuvent pas faire autrement que se marrer en douce.

Dans le Mickey-Bar, ça gueule, je le sens. Marie-Louise traite Rosario qui se défend et semble même la menacer. Mais Raymond, le mari de la patronne, entre, il est en avance, ou bien son camtar n'a pas démarré le matin, mais en tout cas, il prend Rosario par le col de son tee-shirt, la Vache qui rit fait une drôle de tronche, et le fout dehors en lui bottant le cul.

Je vois Marie-Louise, subitement un peu triste, qui regarde par-derrière les rideaux effilochés si le pauvre gamin n'a pas trop mal. Dans le bistrot, je sens qu'un silence de type olympien vient d'éclater.

Raymond, gominé de près, sentant la lavande, s'assoit à une table, près de la porte de la cuisine. Thérèse, the sister, abandonne illico ses calcifs pour venir étaler une nappe à carreaux, disposer le rond de serviette, planter un verre et une bouteille de rouge, ça ne traîne pas, chaud devant, Marie-Louise sort de la cuisine avec un magnifique plat de tripes qui sent à dix mètres. Raymond, qui n'a pas dit un seul mot, semble alors se détendre, et prenant un morceau de pain, fait trempette. Là, je ne tiens plus, mon estomac fait un looping, Marie-Louise le remarque, je dois avoir l'œil exorbité à la mode de Caen, me demande, montrant l'assiette de son chéri, si moi aussi j'en veux, je dis oui oui, on m'installe à la même table que le boss, l'assiette odorante arrive aussi sec, et, autour de nous, c'est immédiatement le vide. Les lycéens se réfugient, avec leurs sandwiches, en fond de salle, les jeunes n'aimeront jamais les tripes, l'idée même de la tripe.

C'est un truc qui vient avec l'âge.

Impossible de penser en mangeant un délice pareil. Le temps s'étire au même rythme que la lente mastication des patates à l'eau, j'ai reconnu la saveur blonde de la Ratte du Touquet, petite, excellente à la vapeur. J'avais à peine fait place nette dans l'assiette, un chat ne l'aurait pas mieux nettoyée, que le commissaire Gaillet est entré comme un bolide dans le Mickey, suivi de près par son subordonné, qui l'avait sagement attendu dehors, le pauvre, puis a montré discrètement sa carte à Marie-Louise, qui la connaît sans doute parfaitement mais fait semblant du contraire. Gaillet lui parle longuement, me regardant en coin plusieurs fois. Ça y est, il se rencarde. Suis-je un habitué ? Comment je me comporte ? Est-ce que je lorgne vers les petites filles ? etc.

Puis il vient vers moi, m'intime l'ordre muet de me déplacer vers le fond du rade, me fait asseoir sur la banquette aussi défoncée que le Démon, dont c'est le territoire attitré, et sort un calepin.

Notre correspondance du jour a donné à peu près ça :

— QU'EST-CE QUE VOUS FOUTEZ ICI ?

— C'EST MON BAR.

— JE CROYAIS QUE C'ÉTAIT LE THERMOMÈTRE, À GAMBETTA.

— LE THERMO, C'EST POUR LA BELOTE, LE MICKEY, C'EST POUR RESTER EN CONTACT AVEC LA JEUNESSE.

— LAURA VENAIT ICI.

Là, je n'ai rien répondu. Il a repris le papier :

— JOVILLAR, JE NE SAIS PAS POURQUOI NI COMMENT VOUS ÊTES IMPLIQUÉ DANS LE MEURTRE DE CETTE JEUNE FILLE MAIS JE TROUVERAI.

Il avait vraiment l'air énervé. J'étais coincé. Soit je l'asticotais un peu plus, et alors il m'embarquait devant tout le monde et là, deux solutions, soit je devenais un héros positif pour toute la population locale, soit je devenais un objet de méfiance, et c'en était fini de mes petites enquêtes, j'étais grillé, une vraie brochette. Soit je m'écrasais, faisant semblant de collaborer et là, j'étais fini, les nouvelles iraient très vite dans le petit monde lycéen, le tam-tam résonnerait jusqu'au fond de mes oreilles. Il me fallait donc prendre un risque.

J'ai demandé le calepin. Un vrai roman.

LÂCHEZ-MOI. VOUS FERIEZ MIEUX DE TROUVER L'ASSASSIN DE LAURA PLUTÔT QUE DE FAIRE CHIER UN HANDICAPÉ QUI PRÉFÉRERA TOUJOURS LA COMPAGNIE DES JEUNES ADOLESCENTS À CELLE DES CHAUSSETTES À CLOUS ET PLUTÔT QUE D'ENVOYER VOS SBIRES ESPIONNER LES LYCÉENS EN GRÈVE POUR LEUR AVENIR ET CELUI DE LA FRANCE.

Il a tapé sur la table, donné un ordre à son spadassin et ils m'ont embarqué illico. J'ai payé Marie-Louise au passage, en lui jetant une poignée de pièces, ça faisait très grande classe, ce geste, à la volée, un truc que Zaïr apprécierait. Je pressentais que le bar était toujours extrêmement silencieux et seul, dehors, Rosario, qui s'apprêtait à retenter une entrée, a posé une mauvaise question au commissaire déjà suffisamment à cran, et s'est pris une tarte.

Ils ne m'ont pas ramené au Poulaga Center, mais m'ont positivement grimpé chez moi, propulsé dans mon trois-pièces, et jeté sur le fauteuil du salon en m'intimant l'ordre silencieux de ne plus bouger d'un quart de millimètre de poil. Ils se sont illico mis à fouiller partout, ils n'en avaient bien sûr pas le droit, mais je devais prendre patience, ne plus les énerver. Ils ne tentaient plus de me parler, de m'écrire quoi que ce soit. Ils ont regardé derrière la baignoire et dans toutes les cachettes possibles. Ils ont tapé sur les murs, martelé le plancher, sondé un peu partout. Une visite en règle. Pas remboursée. Cette tranche de théâtre en chambre a bien duré une plombe. Ils ont foutu toute ma bibliothèque en l'air, ils devaient chercher des photos, ou des trucs comme ça, peut-être qu'ils croyaient que je faisais du porno avec les jeunes, ça les aurait rassurés.

En rétamant ainsi ma mémoire écrite, ils sont tombés sur une dizaine d'exemplaires d'une plaquette de poésie que j'avais écrite et qui, contre toute attente et à ma grande joie, avait été publiée, il y a une quinzaine d'années, par une petite maison d'édition, et dont j'avais vendu en tout et pour tout 41 exemplaires. Le commissaire Gaillet m'a regardé étonné, et en a fourré une dans sa poche. Il allait être servi, c'était un drôle de poème, le portrait d'une locomotive sur son banc d'essai. Illisible, maintenant.

Gaillet s'est emparé d'un gros feutre, sur une étagère, et a écrit directement sur le papier peint. TU RESTES DANS LES PARAGES. JE VEUX T'AVOIR SOUS LA MAIN À TOUS MOMENT.

Avec un S à TOUS. Ça m'emmerdait quand même d'avoir une faute d'orthographe sur le mur du salon.

Ils sont partis sans même me regarder, comme si j'étais la merde qu'ils pensaient sûrement que j'étais.

J'ai reposé mes nerfs un long moment, attendant qu'un léger vrombissement intérieur se calme, puis j'ai fait un peu de rangement et de ménage, ramassant les mégots de gitanes qu'ils avaient écrasés un peu partout dans l'appartement.

C'était mercredi. L'après-midi, pas d'école. J'ai décidé d'en profiter pour aller faire un petit tour dans la cité où habitait Laura.

En descendant les marches de l'escalier, je commençais à sentir une curieuse impression qui, peut-être, devait s'apparenter au désir du chasseur, un truc bizarre, qu'importe ce qu'on va faire, l'important est de le tenter. Je déteste la chasse, à cause surtout des fusils et de tout ce côté para, les treillis, les rangers, je hais cette littérature sur l'attente, la tension, voire l'angoisse de celui qui attend l'envol du canard ou le claquement du perdreau, qu'importe si on ne tue rien, on se sera bien baladé, en accord avec la nature, seul avec son grand chien mouillé et toutes ces conneries, et pourtant j'étais un peu dans la même situation. Je chassais, je tentais de débusquer un tueur, l'envol de son identité. Simplement, après, je ne lui foutrai pas un coup de fusil en travers du museau. Je lui ferai quoi d'ailleurs ? J'attendrai que l'ordre social lui fasse payer ? Merde, non. Le dénoncer ? Jamais. Lui casser la figure ? À quoi bon, ce type ne peut être qu'un malade. Le balancer à l'asile ? Je me suis persuadé que la quête n'aurait pas de résultat et que la chasse la plus importante, c'était peut-être la chasse au Jovillar, la chasse à mon propre immobilisme, me remettre face aux vraies raisons de mon malheur. Retrouver ce goût pas tout à fait perdu de mon enfance, quand je courais dans les montagnes, au-dessus de Saharis, en attendant des nouvelles de mes parents qui avaient été descendus à Barcelone, pour motif de guerre, d'une guerre que je ne comprenais pas, mais dont je sentais les effluves un peu partout, sur le visage inquiet des vieux, dans le silence curieux de l'oncle autant bavard que curé, dans les yeux affolés de ma sœur Emma.

Dans l'avenue, j'ai acheté un petit magnétophone, des piles et une K7. Tenter un autre moyen. Tout le monde n'a pas le temps d'écrire. Beaucoup préfèrent parler. À moi de me démerder.

La cité Bonmousseau n'était pas un de ces agglomérats de barres HLM qui pourrissent le moral et la santé de toute la banlieue parisienne.

Bonmousseau aurait pu devenir une vraie zone dépotoir comme les autres mais, depuis longtemps, elle n'était habitée que par les cadres et les militants purs et durs du Parti, au pouvoir depuis plus de cinquante ans dans la commune. Vieille, désuète, portant les stigmates des constructions salopées de cette époque, elle était quand même bien tenue, des jardinets s'en sortaient encore malgré tous les jeux d'enfants, les bagnoles étaient bien rangées et avaient toutes leurs roues et leurs enjoliveurs, les cages d'escalier demeuraient encore présentables. Les permanents devaient faire bonne garde, voire organiser leur propre police. Il y a quelques années, le centre d'Itry avait été rénové, style ultramoderne, un architecte en pointe, et on a voulu y reloger tous ceux de Bonmousseau. Mais va caser l'armoire normande dans des pièces en triangle, va mettre le plumard conjugal au milieu d'une chambre à coucher ovale et entourée de vitrage… Alors les cadres étaient restés à Bonmousseau, et la famille de Laura aussi. J'avais cru comprendre que son père était responsable du Centre culturel ou d'un truc comme ça. Même si la cité était quand même assez loin du lycée, Laura y avait été sûrement dès la sixième, la technique pour échapper au CES un peu zone du quartier étant, et pour un membre du Parti ça tombe sous le sens, de faire étudier le russe en première langue, et seul Jules-Romains offrait cette éventualité. Du coup le lycée ressemblait un peu à cette cité, les gauchistes ne devaient pas y être bien vus, les anars encore moins.

J'ai fait le tour des cages d'escaliers cherchant sur les boîtes le nom de la famille Bellaïche.

Je les ai trouvés au bâtiment F.

Dehors, il y avait une petite bande d'ados, dont plusieurs beurs parmi eux, groupés autour de magnifiques vélos tout-terrain, flambant neufs. Ils se parlaient entre eux avec de petits gestes expressifs et nerveux, la plupart ayant un walkman sur les oreilles.

Ils « signaient », comme on dit dans ma corporation.

Je me suis approché et je leur ai fait lire un papier sur lequel j'avais écrit que j'étais sourd-muet et que je cherchais Mohand Bellaïche. Ils m'ont regardé avec une méfiance dont je n'aurais jamais cru que quelqu'un fût capable. C'était dans le regard, l'attitude, la manière de se détourner, de rire un peu. Ils ont conversé, d'une façon désordonnée, j'ai tenté de lire un peu sur leurs lèvres, mais je ne comprenais rien, ils devaient parler verlan ou un autre truc de jeune, et puis j'ai senti quelque chose de bizarre, ils se sont figés, presque ensemble, comme régis pour un ballet, me regardant fixement, me regardant tellement fixement que ça voulait dire tout à coup qu'ils le faisaient exprès, comme pour ne pas avoir à regarder autre chose.

J'ai senti un souffle derrière moi, du déplacement d'air, un paquet de vibrations, j'ai compris vite qu'un de leurs copains était en train justement de tester le sourd, en proférant des menaces, ou des injures ou des choses qui feraient immédiatement se retourner un entendant. Je n'ai pas bougé, d'un geste de la tête leur demandant s'ils étaient décidés à m'aider.

Ils se sont détendus, le type derrière, un grand maigre, roux, avec une veste de costard en pied-de-poule, il faisait tache sur les autres, s'est rangé avec eux en me souriant.

Ils se sont alors amusés, mimant maladroitement le fait que Mohand était parmi eux et qu'il fallait que je le trouve. Un test. Facile et difficile. Je pouvais compter sur l'âge, seize ans environ, un visage ouvert, Mohand était en seconde ou première, un gosse de cité franchissant la barre du premier cycle ce n'est pas si fréquent, quelqu'un qui pouvait avoir été ami avec Laura, peut-être des détails vestimentaires, des pétillances de regard. Mais surtout, les talents paradoxaux liés à mon handicap devaient me désigner celui qui, sur son visage, mettait suffisamment de caches pour ne pas avoir à être reconnu, celui qui tentait de donner le change, celui qui, justement en faisait un tout petit peu trop.

Je l'ai repéré assez vite, un petit Kabyle au visage rond, aux cheveux frisés, vêtu d'un sweat-shirt bleu, l'œil un peu narquois, peut-être un peu plus timide que ses copains, et, du coup, plus agressif.

Quand je l'ai montré du doigt, il a fait la tronche de celui qui venait d'être désigné par le Grand Rappeur d'En Haut.

Il m'a suivi, accompagné du grand rouquin en costard et nous nous sommes installés, un peu plus loin, sur un banc pouilleux recouvert d'un immense graffiti Nique Ta Mère 94.

— Qu'est-ce que vous voulez ? j'ai lu sur ses lèvres.

J'ai sorti un des questionnaires de ma poche, ainsi que le magnéto.

— Vous êtes flic ? a demandé Mohand après avoir lu mon petit texte.

Et j'ai écrit sur le papier : T'AS DÉJÀ VU UN KEUF SOURD ET MUET ? IL FERAIT COMMENT POUR INTERROGER LES CLIENTS ?

Mohand s'est marré.

J'ai mis le magnéto sur enregistrement, je leur ai tendu, Mohand l'a pris avec méfiance et s'est levé, toujours suivi par son pote, comme s'ils ne voulaient pas que j'entende ce qu'ils avaient à dire.

Mohand a commencé à parler et à rigoler en même temps, son pote se tordait de rire.

Les autres ont tenté de se joindre à eux mais

se sont fait vertement bouler, n'ont pas insisté. Pour l'instant j'avais gagné, Mohand acceptait de s'exprimer, cela dit il débitait peut-être un tas d'insultes et de saletés. Je verrais bien.

Toujours assis, j'observais les lieux, les tours, les maigres pelouses, pourquoi les gens ne font-ils plus de jardins, ou de massifs de fleurs ?... Pourquoi croient-ils qu'on va les leur piétiner ? Peut-être qu'ils ont raison, on va leur abîmer, après tout, nos jardins, à nous, sont ceinturés de grillages et de portes en bois vaguement scellées par des cadenas. Les jeunes ont besoin de terrains de sport, pas de potagers. Quand ils réclameront, le cocktail Molotov à la main, des lopins de terre pour faire pousser des salades, alors quelque chose aura vraiment changé. Tout ça... Raser tout, ouais... Forcer les architectes à y vivre, on disait ça, dans le temps... Transporter la ville à la campagne, comme écrivait l'autre... Et partager, bien sûr. Tout, absolument tout...

Mohand et ses potes rigolaient toujours, parlant quand même de temps en temps très sérieusement face au micro pour que je n'en perde pas une miette, ça devait être coton, tiens, leur déposition. Faudra faire la part des choses. J'ai regardé ma montre, cela faisait bien un quart d'heure qu'ils s'exprimaient.

Mohand s'est levé, a appuyé sur le « stop », très concentré, quasiment théâtral, il avait jeté sa gourme, et m'a rendu le magnéto. Puis, d'un coup d'œil, il m'a indiqué un espace entre deux immeubles, où il y avait des arbres et où je savais qu'il y avait, plus loin, un café. Donnant donnant. J'ai montré le reste de la bande. Ils se sont tous levés, comme mus par des ressorts à boudins et, en groupe, étrange colonie de vacances, paradoxal moniteur que je devenais, nous avons foncé vers le Jean-Bart, un rade à flippers et juke-box, au coin de l'avenue qui mène au Fort d'Itry. Nous avons traversé la chaussée, les gosses ont arrêté, manu militari, le flot de véhicules, la N 20, je crois, et ils se sont tous attablés, regardant fièrement le patron qui, lui, semblait se demander s'il devait s'emparer de son nerf de bœuf ou de son plateau. Les gosses m'ont ostensiblement désigné au gros moustachu, et ont commandé. Vu leurs bouilles hilares, l'addition allait être aussi salée que les lentilles du plat du jour. En fait c'était, en ligne générale, des sandwiches et du Coca. Le patron m'a donné la note dans le même mouvement, des fois que je change d'avis. Tout le monde avait l'air soulagé qu'une bataille rangée n'ait pas eu lieu et que personne n'ait eu envie de rejouer l'Attaque du Fort Apache.

Les jeunes avaient maintenant le droit de rester un bon moment devant les flippers.

Je me suis mis à mimer mon départ. Mohand a compris et m'a accompagné dehors avec son autre pote, le roux en costard. Il m'a serré la main, tout à coup assez grave, du genre « faut pas rigoler avec la parole », a donné un coup de coude à son ami qui a écarté un tout petit peu le pan droit de sa veste, et j'ai vu la crosse d'un pétard. Le message était passé, fallait pas que je déconne. Une autre réalité me tombait dessus sans crier gare. Les jeunes étaient armés. Ce n'était peut-être qu'un pistolet à grenaille mais ça suffisait à leur gonfler autant la poche que le moral.

Après tout, ceux d'en face, quels qu'ils soient, flics ou riverains craintifs, sont armés, eux aussi. Le malaise.

Je suis repassé au Mickey-Bar, pour filer rendez-vous à Rosario et Zaïr aux jardins, le lendemain soir. Je les invitais à pique-niquer, il y avait urgence, il ne fallait plus que je fasse fausse route. Rosario a écrit au feutre sur le comptoir : « Piquer, bof, mais niquer, je suis partant. » Marie-Louise s'est mise à gueuler et à frotter le beau graffiti apparu sur son outil de travail. Mais, dans son empressement, elle s'est gourée et s'est emparée, au lieu du torchon, d'un des caleçons pas encore repassés par Thérèse, officiant un peu plus loin. Rosario a éclaté de rire et a failli s'en manger une. Ça a dû monter d'un cran et de plusieurs tons dans l'engueulade car il a amorcé une retraite stratégique tout en me guidant vers le fond du rade, près de la cabine téléphonique, où une jeune fille, blonde, le chignon défait, des mèches transparentes recouvraient son visage comme ces rideaux que l'on voit, l'été, devant les portes, dans le Midi, vêtue d'une minijupe et d'un cuir noir, râpé, constellé de badges de métal, était assise devant un Coca. Sa tête me disait quelque chose.

— Anne Gadot, j'ai lu sur les lèvres de Rosario.

La copine de Laura. La meilleure copine. La dépositaire, peut-être, de secrets que Laura n'aurait même pas dits à sa sœur.

Elle aussi était venue aux jardins, je m'en souvenais à présent, un après-midi de juin, des soutiens-gorge blancs sur l'herbe jaune, des tee-shirts relevés sur des ventres doux et plats.

Anne Gadot. Fallait faire gaffe. Si quelqu'un pouvait me faire réellement avancer, c'était elle, bien sûr. Elle d'abord. Il ne fallait ni la brusquer, ni la laisser trop réfléchir. Je me suis mis à écrire sur une nappe de papier, un peu tachée de graisse, qui était pliée sur le bord du comptoir.

MERCI D'ÊTRE LÀ.

Elle s'est emparée de mon feutre, et a rajouté, en dessous, et en travers, elle n'avait pas retourné la nappe :

SI FABIENNE ME VOYAIT, ELLE M'ARRACHERAIT LA TÊTE.

Je l'ai regardée dans les yeux en pensant fortement, alors, pourquoi vous êtes là ?

Elle s'est mise à écrire C'EST PARCE QUE ROSARIO ME L'A DEMANDÉ. JE SUIS SORTIE AVEC LUI, MALGRÉ SES GRANDS AIRS ET SA TÊTE DE CON, C'EST UN MEC BIEN.

J'ai regardé Rosario, il était rouge comme une pivoine. D'être considéré comme un grand romantique anti-macho...

J'ai sorti de ma poche un des questionnaires et je l'ai tendu à la jeune fille. Elle l'a lu, restant toujours très concentrée, pensive, puis j'ai repris la feuille, j'ai raturé « une chose » pour y mettre un pluriel.

Anne, d'un signe de tête, m'a donné son assentiment. J'ai poussé un ouf, très intérieur, de soulagement. Elle a rangé le questionnaire dans son petit cartable de cuir, d'un cuir au moins aussi usagé que celui de son blouson. Tous ses gestes étaient, comment dire, tristes. Je les sentais d'un dixième de seconde trop lents, comme s'il fallait qu'elle réfléchisse à tout ce qu'elle faisait, comme si elle avait la tête ailleurs, comme si tout devait être abordé avec une grande prudence.

J'ai déchiré la nappe en petits morceaux et j'ai donné le tout à Marie-Louise, direction poubelle.

Marie-Louise s'est frappé le front, elle se souvenait tout à coup de quelque chose. Elle est repartie en trottinant, boudinée, dans l'arrière-salle et est revenue en me tendant deux enveloppes que j'ai décachetées immédiatement.

La première était une lettre d'élève, une autre copine de Laura, une dénommée Leila, c'était du moins ce que disait la signature. La lettre ne disait rien de bien intéressant, mais, en toute naïveté, elle me remerciait presque de faire cette enquête, ça changeait, il ne fallait pas que ce meurtre reste impuni, les salauds devaient passer à la trappe, mais ça l'étonnait qu'on ait attaqué une bonne fille comme Laura, qui ne traînait pas dans les coins dangereux, et que donc, à son avis, les salauds étaient partout, surtout les hommes.

Tout ça ne me faisait pas avancer d'un iota, mais j'étais quand même content, à tort sûrement, d'avoir ce satisfecit de base…

En revanche, la deuxième lettre était d'une tout autre pointure. C'était la réponse du prof de français de Laura, Michel Fray, dont m'avait déjà parlé Françoise Meyer, la pionne sublime.

J'ai serré la main d'Anne Gadot, la laissant face à un Rosario qui m'avait l'air de vouloir reprendre tout de go les hostilités amoureuses avec son ancienne.

Je me suis assis un peu plus loin, derrière le flipper que Zaïr bousculait depuis au moins une demi-heure, une place toujours libre sûrement à cause du bruit de l'appareil à sous, une place pour moi, la place du sourd en quelque sorte.

C'était la première « vraie » réponse que je recevais. Bien sûr ça commençait par la leçon de morale désormais habituelle, mais, il y avait de vraies informations, méchantes, vagues et précises en même temps, et surtout, il y avait là quelqu'un qui se proposait de m'aider.

Monsieur,

Il va sans dire qu'il faut se faire violence pour répondre à votre « questionnaire ». Car tout cela peut être un appel déguisé à la délation. J'ai même pensé un instant, je vous l'avoue, que si vous étiez l'assassin, il n'y aurait pas de meilleur moyen pour vous de savoir qui sait quoi sur quoi, et dans quelle mesure vous seriez en danger ou non. Ce qui vous « sauve », c'est que, un, je vous connais, deux, je ne crois pas au crime de rôdeur, trois, ça ressemble trop à un truc d'adulte. Pour moi, vous n'êtes plus un adulte, mais déjà un vieux, excusez-moi, les personnes âgées ne tuent plus, car elles vivent trop avec l'éventualité de la mort pour tenter de l'amener sur les autres.

Quatre, la plupart des choses que je vais vous confier, je les ai déjà dites aux enquêteurs de la police qui ont vite repéré ce qui faisait « l'originalité » de la victime, les nouvelles allant très vite. La plupart, car je me méfie du qu'en-dira-t-on, bref, des autres, l'enfer. Alors si je vais vous en dire l'essentiel, c'est aussi pour me couvrir. Ce sera une preuve que je vous demande expressément de garder cachée et de détruire au moment venu, c'est-à-dire quand l'assassin dégueulasse de Laura sera sous les verrous. Je vous confie également ça, car je pense que vous êtes la personne désignée pour tenter de comprendre, bien que je doute de la réussite de votre entreprise. Vous êtes extérieur à ce petit monde complexe du lycée, cette famille qui n'en est pas une, vous pouvez donc, si vous avez un peu de chance et pas mal d'appuis, en dresser une sorte d'entomologie rationnelle, et, en même temps vous êtes trop extérieur, et vous louperez sûrement la petite faille qui pourra vous mettre sur la voie. En même temps, vous êtes patient, vous avez le temps. Ce qui n'est pas le cas des policiers. Ma décision de vous répondre a également été dictée par une sorte de haine que j'ai du milieu où je travaille. Pas des élèves, masse en fait non problématique, qui se meut, bon an mal an, selon les humeurs et les tendances du moment. Bien sûr des individualités fortes, quelquefois dérangeantes, souvent passionnantes, il y en a tout le temps. Des gosses que l'on privilégie, que l'on suit avec plus d'attention, qu'on aime réellement parfois, ou qu'on déteste, c'est selon, des gosses extrêmement brillants qui forcent déjà l'admiration ou bien des gosses largués, souvent dangereux, que le milieu rejette malgré leur défense assurée par des professeurs ou des adultes qui ont vu en eux des victimes, des cas sociaux, des nébuleuses.

Non, ma haine la plus tenace, je la porte à mes collègues, à cet amalgame curieux que forme le corps enseignant, une troupe pathogène, où la moitié de l'effectif est proche de la démence, de l'abattement, où l'on baisse les bras en permanence, et quand on parvient à les lever, c'est souvent avec l'envie irrépressible de frapper. Des gens qui au nom de je ne sais quelle idéologie accusent une vieille collègue d'avoir mal agi, « quelque part », en dénonçant le beau-père d'une fillette de onze ans, qui la sodomisait tous les jeudis à heure fixe, la prof s'en était aperçue parce que tous les vendredis matin la fillette ne pouvait pas s'asseoir, et que c'était compliqué, car le beau-père était africain, et bla bla bla... Des gens qui se prévalent en grande partie d'un gauchisme militant quand ils étaient jeunes, alors qu'ils se comportent tous en réacs notoires, mais ça ne fait rien, la haine de l'ex-maoïste est toujours virulente face à la hargne de l'ex-trotskiste, les deux se retrouvant face à la rogne des ex-staliniens. Ce genre de considérations les empêchent toujours de collaborer, généralement pour le bien des élèves, particulièrement pour leur bien à eux. Des gens qui ont presque tous oublié l'engagement de leur jeunesse. Ça me fait bouillir la merde dans le cul, excusez, mais cette grossièreté écrite ça fait du bien, de savoir que nous ne devons notre système de vidéo interne au lycée qu'à la collusion des ex-trotskos avec les ex-stals, ces derniers ayant voté contre les ex-maos qui, eux, préféraient du matériel supplémentaire de gymnastique. Des gens, des hommes, des femmes, qui se ferment les yeux quand une jeune fille accouche dans les chiottes, c'est arrivé au bahut l'année dernière, et qui disent sérieusement qu'il aurait mieux valu que l'enfant soit mort-né, que la vie de cette fille est foutue, alors que pas un d'entre eux n'a levé le petit doigt pour l'aider, la jeune mère a quitté le lycée et personne ne s'en soucie plus, alors qu'ils étaient tous à dire avant que c'était une élève équilibrée, sans problèmes, etc.

Qui vous diront tous que Laura, ah quelle bonne jeune fille, mûre, adulte, responsable, équilibrée, justement. Je serai tenté de vous dire le contraire, une jeune fille qui recherche tant la compagnie des adultes n'est pas si responsable que ça. Et j'en sais quelque chose, j'ai été son amant. Oui. Je vous le dis comme ça, sans honte. Comme beaucoup, je suis proche de mes élèves, copain souvent, mais je ne refuse jamais d'aller plus loin, d'être hypocrite, qu'est-ce que vous croyez, je sais que mes collègues masculins sont souvent complètement tourneboulés par la beauté de leurs jeunes élèves, les femmes aussi d'ailleurs, le syndrome Russier n'est pas complètement enfoui dans les mémoires, mais peu sautent le pas, et alors deviennent aigris de ne pas le faire, développant ainsi que des mauvaises pensées. Moi, je m'en fous, et si je sens que c'est possible, ne me considérant pas comme un salaud, je donne aussi ce qu'on attend de moi.

Laura, belle comme un cœur, rigolote comme tout, intelligente, comment pouvez-vous résister ? Je n'ai pas succombé, j'ai décidé ça avec elle. Tout doucement, simplement. L'année dernière. Notre relation a duré trois mois. Une belle relation que Laura a rompue quand elle l'a voulu, ce fut certainement moi le plus triste et le plus amer des deux. Ce que je peux vous dire, c'est que Laura a dû recommencer, et faire alterner ses amours adolescentes (en privé elle n'était pas très tendre pour ses « fiancés », qu'à force elle trouvait un peu légers), et ses attaques de charme sur les adultes qui lui faisaient vivre bien d'autres choses. Je ne parle pas du sexe, je parle de la vie.

Je sais aussi qu'elle tenait une sorte de journal intime, très intime, avec sa copine, Anne Gadot, un journal d'irrévérence écrit à deux, où figurait le tout et l'infime, le non-dit et le secret. J'en ai vu des extraits, c'était coton, il y avait même un tableau de « goût » des garçons qu'elles connaissaient, si vous voyez le genre. J'aimerais bien savoir d'ailleurs ce qu'il est devenu, ce carnet, ce n'est pas le truc à mettre entre toutes les mains, faut faire la part des fantasmes… Cela dit Laura était responsable d'une chose et d'une seule, sa protection. Jamais un mot de trop, jamais une allusion, la prudence même. Et si je vous raconte ça, c'est pour que vous soyez le seul, à part Anne, et aussi le commissaire, à savoir.

Je ne citerai pas d'autres noms.

À part celui de Casimir, l'animateur culturel. Et pas pour les mêmes raisons. Parce qu'il connaît tout sur la vie sous-jacente du lycée. Il sert d'assistante sociale sauvage, dans sa petite salle, toute la marge défile, d'année en année. C'est un déconneur, mais de confiance. De plus, il a, comme moi, une sainte méfiance pour tout ce qui est enseignant, les porteurs du savoir, comme il dit, en portent tellement qu'ils sont prêts à tout lâcher…

Je suis à votre disposition, non pas pour vous donner des noms ou taper dans la rumeur, mais pour vous éclairer, si je le peux, quelques points d'ombre.

M. Fray.

Pensif, je suis parti à petits pas du Mickey-Bar. Une sensation de léger étouffement, comme un asthme enfoui qui repointe ses sifflantes.

Ça faisait trois amants à Laura, plus peut-être d'autres profs aussi « présentables », s'il me fallait croire ce que je venais de lire. Laura une hétaïre lycéenne ? Ça faisait beaucoup. Il avait beau gueuler contre les profs, sa lettre, sa confession, on aurait dit une dissertation, équilibrée, presque en trois parties, écrite en tout cas, j'en étais sûr, sans âme. Même si elle contenait de vraies informations et semblait me dire dans quelle direction je devais chercher, je savais intuitivement que j'avais à me méfier. D'avouer tout comme ça, ce n'est pas normal, ça fait partie de la technique bien connue, j'avoue avoir volé la voiture pour ne pas avoir à dire que j'ai braqué la banque. J'étais néanmoins sûr que maintenant seule Anne Gadot pouvait me faire progresser et j'attendais avec impatience qu'elle aussi me remette sa copie. En plus cette histoire de journal intime… C'était trop beau. Si Anne l'avait, et je ne voyais pas comment elle avait pu ne pas le donner aux flics même en foutant dans la mouise tous les gens concernés. Anne devait quand même avoir à venger la mémoire de sa meilleure copine.

Il faisait presque nuit quand j'ai quitté le Mickey-Bar, Marie-Louise entamait ses travaux d'Hercule pour virer les derniers élèves.

Le lendemain, il fallait que je passe aux jardins, éclaircir les plans de tomate, écarter un peu la vitre sous laquelle ils grandissent, bien au chaud. Eux aussi avaient besoin de changer d'air, de temps en temps. Dans à peine trois semaines, ils allaient se retrouver fichés en pleine terre, là où ils pourraient tranquillement penser, le long d'un tuteur, à me faire de belles boules rouges.

Et puis, le soir, les deux gugusses venaient manger.

*

Le surlendemain matin, j'ai pris le métro pour aller à *La Vie du Rail*. J'y passais souvent pour revoir les anciens collègues, me remettre dans l'air du bain, si on peut dire, reprendre un peu de jeunesse.

J'avais légèrement mal au crâne, la fiesta aux jardins, avec Rosario et Zaïr, avait duré un peu plus tard que prévu. Ils avaient positivement adoré l'anjou rouge, avec le pain, les sardines et le fromage de brebis. Ils avaient déconné à pleins tuyaux, je ne les entendais pas, mais ça me faisait un sacré bien de les voir, un peu saouls, rigoler comme des baleines. Avant qu'ils soient complètement atteints, je les avais fait parler dans le magnéto, et ils avaient répondu d'un cœur léger à plusieurs petites questions évidentes que j'avais écrites sur des petits morceaux de papier. Qu'est-ce qu'il en était au juste, au lycée Jules-Romains, des histoires de racket, de drogue, de délinquance interne ?... Ce qu'ils savaient des petites vengeances, des petits chefs de bande locaux, des histoires de racisme, tout ça. Un état général des lieux. Je ne voulais pas de noms, mais simplement savoir si Laura avait pu être prise dans un de ces aspects très communs de la vie en banlieue.

Assez intarissables, les mecs. Ils avaient fini la bande du côté Mohand et couvert tout l'autre côté. J'avais 90 minutes d'élucubrations de première bourre. Peut-être. C'est pour cela que je faisais le voyage vers le journal, pour aller voir Marion, accrochée à son écran de traitement de texte comme une arapède à son rocher, une des femmes les plus gentilles que j'avais connues, la secrétaire qui tape plus vite que son ombre, aussi véloce que la voix de son chef de bureau résonnant hors du dictaphone, Marion qui avait été mon amante jusqu'au moment où elle avait trouvé ça trop compliqué, son mari, son grand fils, tout ça, et qui s'était crue, pour rompre, obligée de faire de l'humour, disant qu'elle s'était juré, en tant que bête sexuelle, de me faire retrouver la parole dans le feu de l'action et de me faire crier un truc du genre « je vois les étoiles », et qui arrêtait toute relation parce qu'elle n'y était pas parvenue, et qui aussitôt cette déclaration faite, s'était mise à pleurer. Marion qui, quinze ans après, m'embrassait toujours sur les lèvres quand elle me voyait.

Je n'aime pas trop les voyages en métro. Des

gosses s'y promènent avec des mots malhabiles écrits sur des bouts de papier, comme quoi ils ont faim, et quelquefois, je tombe sur des sourds-muets en pleine gesticulation manuelle et j'ai honte, car il me semble à chaque fois que, n'ayant pas appris cet alphabet-là, je trahis un peu ma congrégation handicapée. De plus je n'entends pas ce qui doit être une sonnette annonçant la fermeture des portes. Je vois simplement tout à coup les voyageurs, comme pris de frénésie subite, se mettre à sauter à pieds joints dans le wagon, bousculant tout le monde. Quant aux musiciens… j'ai perdu jusqu'au souvenir du son de la guitare.

Rue de Milan, juste avant le journal, j'ai acheté un pot de bégonias blancs pour Marion.

Elle était en train de taper, comme toujours. Ses petits doigts épais couverts de bagouzes en plaqué couraient sur le clavier de l'ordinateur à une vitesse étonnante. Elle avait des écouteurs qui partageaient sa crinière frisée lui faisant comme une coiffure XVIIIe, gonflée sur le devant comme une choucroute. Elle était encore très jolie dans sa robe bleue à manches courtes. À côté du clavier, la sempiternelle bouteille d'Évian. Elle devait être à cinq-six ans de la retraite, et à la célérité avec laquelle elle tapait, à des milliards de mots de la chaise longue.

Elle m'a embrassé sur la bouche, comme si j'étais venu la veille, a rosi un peu devant les bégonias, m'a regardé de pied en cap, a souri, et m'a tendu la main pour que je lui donne la cassette.

— Donne-moi deux jours, elle a articulé lentement.

Et puis elle m'a viré, le travail en retard.

Sur l'écran, j'avais vu un titre parlant des différences d'écartement à l'heure de l'Europe.

Dehors, sur le trottoir, j'ai ressenti ce que doivent, de temps en temps, ressentir les camés en manque. Mais ça n'a pas duré. Après tout je suis orphelin, et sourd, et muet. Alors ça va. Ça me suffit amplement. J'ai donné.

J'avais ma carte de la CNT sur moi. Je la garde toujours en cas de vérification d'identité, c'est celle que je donne en premier, comme cela j'annonce tout de suite la couleur. Et après je file un petit carton où est écrit : « Veuillez laisser l'État dans les chiottes où vous l'avez trouvé en entrant. » Et pourtant je ne suis pas l'anar de base, ni dieu ni maître, tout ça, les vieux anars m'emmerdent, le drapeau noir me fait peur, après tout ça pourrait être une grande chemise, et tous ces intellectuels chenus qui se disent anarchistes en fait par lâcheté, pour ne pas avoir à prendre parti entre toutes les chapelles qui les « interpellent quelque part ». Mais j'aime les jeunes qui se disent libertaires, car, en y réfléchissant bien, il n'y a pas d'autre solution.

J'ai décidé d'aller à la Fédération. Ce n'est pas exactement là que les anarcho-syndicalistes se sentent le mieux, mais je connais des types sur place, déjà ils ne me prendront pas pour un agent des RG et ils me diront s'il y a un anarchiste militant au lycée Jules-Romains d'Itry. Un ver noir dans la place. Quelqu'un qui pourrait peut-être m'aider.

*

Le vendredi matin, il y avait un mot de Rosario dans ma boîte aux lettres comme quoi je devais me rendre libre le soir même, séance de ciné-club au lycée, il avait prévenu l'animateur, je pourrais peut-être un peu parler avec lui. Il me donnait rendez-vous au Mickey vers midi. J'avais toute la matinée devant moi, et la gaufrette du matin, « belle comme le jour », ne m'ordonnait rien de bien précis.

J'en ai profité pour me balader tout autour du lycée, ce qui fait une sacrée trotte. Le stade jouxtant l'établissement s'accroche à la petite colline où trône le Fort d'Itry, ses douves remplies de jardins, ses hauts murs de pierre grise venant d'un autre temps, tous ces souvenirs de la Commune, de la guerre, la Grande, celle des révoltes de soldats. Il faut le contourner et on tombe sur les grands terre-pleins un peu pelés où les enfants de la cité voisine jouent au foot, des terrains de jeux vaguement lamentables, réduction au millionième du bois de Vincennes. Et puis on retombe sur l'entrée officielle du lycée que n'empruntent que les professeurs et les membres de l'administration, avec le parking à bagnoles, la vraie grille qui ferme et le gardien bouledogue, jamais très loin. Sinon, il faut redescendre toute la pente, relonger à nouveau le stade, et tomber sur le carrefour du bas où se planque le Mickey.

Sur la piste cendrée, il y avait plein d'élèves qui couraient, un peu dans tous les sens, beaucoup de jeunes filles, les garçons préférant jouer au ballon au centre de l'énorme terrain. Je n'étais pas le seul à longer le stade, j'ai vu pas mal de petits vieux qui lorgnaient la belle jeunesse, pas des exhibos, non, pas vraiment des mateurs non plus, mais des pépés un peu pensifs, cabas à la main, ou alors traînant un caniche famélique, qui regardaient fixement toutes ces roses gambettes cavalant un peu au-dessus, du rose légèrement marbré par le frisquet du matin, du rose qui réchauffait le gris souris de leurs vies de tous les jours.

Au Mickey-Bar, Rosario était déjà collé à la banquette comme un bigorneau. Il m'a demandé d'être à dix-sept heures trente le soir même ici, au bar, il me ferait rentrer au ciné-club et me prévenait que le film du jour serait un vieux film tchèque de Milos Forman, *L'As de pique*. Et que j'avais une veine de pendu, vu que c'était en version sous-titrée. Il m'a donné aussi une lettre que j'ai ouverte immédiatement, un petit mot de Jérôme, Zorglub, qui me spécifiait un détail qu'il avait oublié et qui pourrait peut-être me rendre service, comme quoi je pouvais aussi chercher en dehors du lycée et qu'une des grandes copines de Laura avait été une certaine

Martine, coiffeuse dans un salon en face de la gare d'Itry, une fille avec laquelle, quelquefois, Laura faisait les sorties du Samedi Soir, c'est-à-dire les boîtes.

Celui-là, j'ai pensé, avec ses airs de moi-je-ne-veux-rien-dire-tous-des-flics, il parlait beaucoup. Ça sentait sa petite vengeance, il en avait vraiment lourd sur le moral, un vrai camion compressant ses neurones, de s'être fait supplanter par un rival, ou bien il l'aimait vraiment, sa Laura, il l'aimait à en devenir dingue, il ne s'en remettait pas, et passait petit à petit par-dessus tous ses *a priori*. Et moi, j'avais besoin de ce genre d'abandon passager, c'était ce genre de faille qui me ferait peut-être trouver un hypothétique assassin.

Comme j'avais l'après-midi devant moi, je me suis dit qu'une petite coupe de douilles serait la bienvenue.

Raté.

Martine, l'air exacerbé, le cheveu en bataille, agitée de ce tic moderne qu'ont toutes les jeunes filles de maintenant, cette manière de ramener incessamment en arrière, d'un geste las et précis, l'énorme tignasse qui leur tombe sur les yeux, n'a fait aucune difficulté pour accepter de me suivre au café à côté du petit salon de coiffure exclusivement pour dames.

Et sa patronne non plus, vu qu'il n'y avait aucune cliente à cette heure-là, et j'ai payé, pour l'emmener un quart d'heure le prix correspondant à un shampooing, une coupe et un brushing. Quand j'ai demandé à Martine si elle voulait bien répondre par écrit à quelques-unes de mes questions, elle a agité ses doigts, et a dû dire « Houlà » ou quelque chose comme ça.

Je passe sur les fautes d'orthographe. De lire les phrases qu'elle écrivait sur mon calepin, petite écriture ciselée, comme avec des petites fleurs partout, une vraie signature à la Sylvie Vartan, tenait du déchiffrage voire du décryptage. Elle était rigolote comme tout, vive, les yeux pétillants avec ce nuage d'amertume, de fatigue existentielle et de trouille immanente qu'ont les jeunes gens quand ils travaillent dur trop tôt.

Effectivement, elle « sortait » souvent avec Laura pour aller guincher au Metropolis de Rungis, trois étages de sono et de lasers, mille personnes, géant, génial, louftingue, l'éclate absolue, enfin, souvent... deux fois, en gros, par mois. Deux jours avant sa mort, Laura y avait passé une grande partie de la nuit, une fête House Music avec Martine et deux autres filles du coin, plutôt des copines de cette dernière. Pour l'occase, elles s'étaient fringuées à mort et Laura avait sorti son corsage transparent et Martine son body en Lycra. Laura, en fait un peu honteuse, avait été obligée de danser toute la soirée avec sa veste sur le dos. Martine ne me « racontait pas la sueur »...

Non, elle n'y draguait pas, elle avait tout ce qu'elle voulait à la maison. Oui, une fois elle avait emmené un adulte, oui, justement, un prof, la description ressemblait assez à Vuelle, mais c'était l'année dernière. Non, elle n'y faisait que s'abrutir de danse et de bruit. Non, il n'y avait jamais eu d'ennuis avec des jeunes de banlieue. Oui, elle lui faisait quelques confidences, même si la meilleure copine avait l'air d'être Anne Gadot, que Martine connaissait aussi, depuis l'école primaire. Non, il n'y avait jamais eu un truc du genre bizarre.

Oui, elle avait déjà entendu parler de moi. Pépé Salade, comme Laura m'appelait de temps en temps.

Pendant qu'elle m'écrivait, très laborieusement, ses réponses, je l'observais, un léger pincement au cœur. Cette greluche était comme ses copines, avait à peu près le même mental, la même énergie, la même ardeur, parlait grosso modo de la même façon et pourtant elle était déjà au boulot, sûrement exploitée à fond la brillantine par une petite patronne de petit commerce, alors que ses anciennes copines faisaient déjà partie des privilégiées. Peut-être une histoire de famille et de milieu. Je n'ai pas eu le cœur de lui demander. Peut-être tout bêtement une histoire d'orthographe.

La seule différence, c'est que Martine ne se posait pas de problèmes de morale, ne se demandait pas si toutes ses paroles étaient bonnes ou pas, elle avait même rajouté sur mon calepin, après une de ses réponses : J'ESPÈRE QU'ONT VA L'ATRAPPER LE SALOP QUI A

FAIT SA ET QU'ONT LUI RABOTERAT LES ANTOINES.

*

La nuit de mai commence à tomber. Dans la salle de projection, un peu jaune pisseux, la lumière vient encore du dehors, à travers de grandes vitres pas souvent nettoyées, et aussi de la lumière au xénon s'échappant, par le côté, du projecteur 16 mm qui tourne depuis maintenant bien une heure.

En dessous, Casimir, l'animateur, écrit au feutre sur de grandes affiches du SNES retournées qu'il arrache au fur et à mesure du mur du fond, déjà complètement encombré par tout un fatras de photos (où Marushka Detmers détient le pouvoir), de dessins, de textes, d'affiches, un panneau d'expression à la merci des élèves (qui, apparemment, ne demandent que ça). En entrant, j'avais remarqué le détournement effectué sur une affiche vantant une marque de soutien-gorge, avec deux nanas poitrail en avant, dont le texte, écrit au feutre noir (SNES raffermit l'essentiel, le SGEN élimine le superflu) faisait la pige à une autre grande image, un berger gardant son énorme troupeau de moutons, avec inscrit dessous, ces mots : Unité Syndicale. Au fond de moi j'avais tiqué, j'avais senti que ça venait plus de l'animateur que des élèves, le genre de mec qui se doit d'en faire des tonnes, dans tous les sens, pour épater sa galerie. Il y avait beaucoup de graffitis, de textes mettant en scène un certain Nouvier, « quand je serai grand, je serai Nouvier », « Nouvier, la porte ouverte à tous les Nouvierismes », « Nouvier à Bagdad ! » etc.

Cela fait à peine un quart d'heure que nous sommes relativement tranquilles, le film a capté définitivement l'intérêt de tous ceux qui gravitent autour des séances. La magie du cinoche.

Quand Rosario m'avait fait entrer dans la petite salle de projection, par la porte réservée aux gens du sérail, le dénommé Casimir, furieux, échevelé, habillé comme l'as de pique, était en train de hurler après deux élèves penauds, une bobine de film à la main. J'ai compris, après, que les deux ahuris, en leur qualité de projectionnistes, s'étaient fabriqué un petit film d'archives en coupant dans les bobines les séquences un peu « hard » qu'ils repéraient, les seins de Machine, le cul d'Untelle, une scène de douche, une partie de jambes en l'air, etc. Casimir s'en foutait, de leur mauvais goût, et de leur voyeurisme boutonneux de base, mais il gueulait car l'Ofrateme ou la Fédération de Ciné-Clubs s'apercevraient bien un jour des coupes et de l'état des copies et que, là, ça serait pour sa poire. Bref, un savon maison.

L'attitude des élèves face à Casimir, c'était toute la palette des réactions possibles face au grand frère. Certains avaient l'air de le craindre, d'autres pas du tout. Certains l'aidaient, faisant entrer et payer les élèves, vérifiant les cartes, tout ça, d'autres tapaient le carton au fond de la salle à côté d'un chevelu de type exacerbé qui s'exprimait sur le panneau du fond... Pendant ce temps, Casimir passait de l'appareil de projection à son armoire d'où il tirait des raquettes de tennis pour les donner à des petits, encore révérencieux, puis il se ruait sur un tondu du crâne qui en profitait pour fouiller dans ses affaires, puis virait deux filles assises sur son bureau pour pouvoir y établir de nouvelles cartes de ciné, puis discutait avec des profs de passage, lui coupant la parole sans arrêt. Je n'entendais rien, mais mes oreilles étaient remplies d'un frémissement bien soutenu, bien rythmé qui me faisait deviner que le niveau sonore devait être, dans la petite salle, de première bourre. Mais Casimir ne craquait pas, il papillonnait sans effort apparent, il m'avait serré la main, me souriant avec chaleur, puis m'avait quitté des yeux pour mater un prof, un petit vieux, qui lui demandait de quoi écrire, il avait alors arraché une affiche représentant un Romain en armure avec marqué dessous : « Jules », et le prof avait punaisé l'affiche sur la porte de la salle en inscrivant. « Note critique : ce film, c'est toute la viscosité de l'Œdipe. » Rosario a eu juste le temps de m'expliquer que ce prof, responsable de la programmation du ciné-club, avait l'habitude de proclamer ainsi ce qu'il pensait du film du jour, et que ce n'était jamais compréhensible, mais que tout le monde attendait avec impatience sa divagation hebdomadaire, avant de courir dans la salle sombre et bruissante car la projection commençait.

Après, ça s'est calmé un peu, des petits venaient encore rapporter cérémonieusement leurs raquettes de tennis, toutes abîmées du bois, un prof est venu s'installer pour jouer au tarot avec des élèves, d'autres énervés se sont pointés pour demander un échiquier, pour emprunter des journaux et des quotidiens, mais petit à petit, les images venues de la Tchécoslovaquie, celle du vieux printemps, ont semblé passionner tous ceux qui avaient décidé d'être là.

Casimir a encore fait quelques va-et-vient, régler le point sur son appareil, ajuster le cadre, imposer le silence, il a sorti de la salle obscure un jeune beur gesticulant, le tenant vivement par le col, le propulsant vers une chaise et lui mettant un jeu de go sous le nez, mais il a pu enfin s'asseoir devant moi et nous avons commencé à « dialoguer ».

Il s'applique intensément pour répondre à mes questions. Ce type adore écrire, je ne sais pas à quoi il marche, mais il est dans un état d'énervement et de tension qui font qu'il griffonne à toute vitesse, avec son gros feutre noir, à grandes lettres, sur ses grands papiers. Il m'a tout de suite fait une sorte de roman comme quoi avec Forman, on serait un peu plus tranquille, la semaine dernière il passait *Family Life* et là les gosses sortaient du cinoche, un par un, à bout de nerfs, en pleurant comme des veaux, la semaine d'avant c'était *Punishment Park*, et là, ils venaient le voir toutes les cinq minutes, la gueule déformée par l'angoisse, les yeux agrandis par l'interrogation, pour savoir si c'était vrai ce qu'ils voyaient sur l'écran ou pas, si c'était un documentaire ou une histoire à la noix.

— Qui c'est Nouvier ? j'ai écrit en montrant le panneau du fond.

Il s'est marré et m'a répondu que c'était l'orienteur, un type bien mais qui a, au bahut, le boulot le plus impossible, à savoir persuader les élèves qu'après le lycée, le monde du travail est vaste et accueillant. Pour cela il organise des forums d'orientation où se côtoient aussi bien des militaires (engagez-vous, rengagez-vous) que des producteurs de cinéma (vous conduirez des bagnoles de sport avec des gonzesses d'enfer dedans). Il a rajouté que lui aussi, c'était un peu pareil, et que animateur ses fesses, ce qu'il faisait c'était plutôt assistante sociale en second, le proviseur préférait que les élèves foutent sa salle à sac plutôt que le café d'en face. Et que le censeur savait bien, qu'ici, dans sa salle, ces mêmes élèves, les marginaux de l'année, venaient un peu se décaper les synapses, et quitte à ne pas vouloir apprendre tout ce qu'il y avait au programme, venaient acquérir une autre manne.

Il s'est levé comme une fusée, a escaladé son estrade et a changé de bobine, nous allions avoir encore une vingtaine de minutes de tranquillité. Deux ou trois élèves, dont Rosario, sont venus en vitesse fumer une cigarette et sont repartis à toute blinde dès que l'appareil s'est remis en marche. Les aventures des jeunes ados tchèques avaient l'air de les tenir en haleine.

Et puis un prof est sorti, un grand type en blouson, l'air un peu frimeur, l'œil un peu torve, qui a dû dire à Casimir quelque chose à propos du film comme quoi c'était chiant, et qui s'est assis en face du petit élève puni pour faire une partie de go.

— Laura ? j'ai écrit sur une des affiches de Casimir.

Il m'a jeté un coup d'œil un peu triste et s'est mis à écrire. Une vraie fusée. Ce type avait l'air de se confesser.

Comme quoi Laura était aimable. Dans le vrai sens du terme, et qu'il était difficile pour un adulte de résister. Bien sûr que beaucoup de gens connaissaient ses idylles, en plus les profs ne sont jamais les derniers à s'en vanter, même à mots couverts. Ce qui l'étonnait le plus, c'est que Laura gérait tout ça les doigts dans le nez, ses copains élèves, les amants de son âge, et ses profs, ses amants adultes. Et qu'elle avait l'air de ne rien cacher aux intéressés. À part Zorglub, tout le monde avalait ça plus ou moins bien, et Lentec, son « officiel » du moment trouvait même ça vraiment No Future. Et que lui, Casimir, l'animateur, qu'on appelait quelquefois l'ami-mateur, comprenait bien et ne jetait aucune pierre à personne. Que toutes ces jeunes filles, partout, sont admirables et qu'il faut toujours rechercher les adolescents pour leur douceur cachée.

— Vous étiez amoureux de Laura ? j'ai écrit.

Non. Pas moi. Je suis amoureux d'une autre élève. Même genre… Comme quoi… Mais je n'ose pas aller jusqu'au… Comment dire… Nous nous sommes embrassés, c'est tout. J'ai trop peur de ne pas savoir gérer ce qui en résulterait. C'est une des jeunes filles les plus intelligentes du lycée. Ça fait peur, forcément. Alors je me donne tout ce côté un peu distant, l'adulte éclairé, si vous voyez le genre… Au moins je suis sûr de l'image qu'elle gardera de moi…

Pendant qu'il m'écrivait cette réponse, il était devenu un peu pensif, un peu plus lent, hésitant. Et quand j'ai eu fini de la lire, il s'est dépêché de déchirer la grande feuille et de la jeter dans une corbeille.

Le grand prof frimeur, au fond de la pièce, s'est levé, furibond et a réintégré, penaud, la salle de cinoche. Le petit beur était hilare en regardant son go-ban. Casimir rigolait ferme.

— Saïd est un emmerdeur de première. Bien qu'il ne soit qu'en cinquième. Mais personne, au lycée, n'a réussi à le battre aux échecs et au go. On l'appelle Ben Fisher, ici.

Le dénommé Saïd en lisant ce que son animateur venait d'écrire sur lui a fait semblant d'être furieux. Mais ses yeux brillaient quand il a pris son cartable tout pourri et est sorti de la salle.

— Quelque chose d'étrange à propos de Laura ? j'ai écrit.

Il a soupiré, réfléchi, marché de long en large. Soit il cherchait, soit il savait quelque chose et se demandait s'il devait me le dire.

La bobine de film arrivait à sa fin et le ballet a recommencé, le changement, le chargement d'une autre tranche de vingt minutes, la dernière, les élèves qui sortent en courant pour aller aux toilettes et ceux qui viennent en cloper une vite fait dans l'arrière-salle.

Quand nous nous sommes retrouvés une fois de plus seuls, il m'a regardé longtemps.

— En 68, vous auriez été quoi ? il a griffonné rapidement.

— Je fais partie de la CNT-AIT depuis quarante ans, j'ai répondu.

Il m'a souri, comme soulagé et s'est mis à gratter comme un malade.

*

Quand la séance s'est terminée, il était presque dix-neuf heures trente et le lycée était désert. Les couloirs vides et lustrés paraissaient vaguement menaçants sous les faibles néons clignotants des plafonds quand la petite troupe des spectateurs les a arpentés bruyamment vers la sortie. Casimir a viré tout le monde, poussant les poussifs vers le dehors, comme s'il craignait que les élèves restent là pour discuter du film avec lui.

J'ai aperçu Fabienne. Toujours son air rogue, à me bouffer tout cru.

Je suis parti en même temps que Casimir. Côte à côte, silencieux. Il m'a abandonné sur le trottoir en face de la porte principale du bahut, et a pris sa mobylette, cadenassée comme sainte Blandine avant d'être jetée aux lions.

Je me suis mis à longer le Fort d'Itry. Personne ou presque, dans la rue. Le soir n'allait pas tarder à tomber, tout le monde était déjà devant son téléviseur. J'ai repensé à ce qu'avait réussi à me confier, quand même hésitant, Casimir, juste avant la fin du film. Qu'il n'arrivait pas à trouver normal que les adultes qui avaient aimé Laura, ces profs qui avaient eu ses faveurs, soient tous des anciens mao, des anciens de la GP, Fray avait même été un cadre des Nap, il s'en vantait, ce con, Vuelle, sous un autre nom était à *Libé* depuis le début, il avait même bossé à *La Cause du Peuple*, et il y avait eu aussi un dénommé Le Du, un prof d'histoire, ancien de Normale Sup, l'UJCML, tout ça, mais il n'était pas sûr qu'avec Laura, ça avait été jusqu'au bout. Laura, en même temps amoureuse d'un élève des Jeunesses communistes et d'un prof ancien mao, ça c'était bizarre, Casimir pensait.

Zorglub m'avait déjà dit ça, dans sa lettre, cette attirance de Laura pour 68 et les gauchistes… Mais, pourtant, elle était loin de ça au moment de sa mort, puisque avec Lentec, ce n'était pas le même genre de préoccupation du tout. À moins qu'elle ait trouvé que le rocker local faisait de la musique gauchiste.

En tout cas, Fray avait dit la vérité. Enfin… Une vérité.

Je me suis arrêté net, des présences haineuses lançaient, pas très loin, ces effluves très particuliers, un peu épicés, ce parfum de haine et de méchanceté mêlées. Sous la pénombre d'un acacia, Fabienne me guettait, assise sur le capot d'une voiture en stationnement, flanquée d'un grand échalas au visage un peu obtus qui voulait me barrer le passage.

Elle m'a tendu une feuille de papier où était écrit, à la main, à la va-vite :

PUISQUE VOUS N'ARRÊTEZ PAS VOS SALETÉS, JE VAIS VOUS DÉNONCER, VOUS AVEZ ESSAYER DE ME VIOLER, J'AI UN TÉMOIN.

J'ai pensé plusieurs choses à toute vitesse. Un, pauvre petite fille perdue, deux, une seule faute d'orthographe pour un mot écrit dans un tel énervement, c'était miraculeux, trois, ils sont tellement naïfs.

Je l'ai regardée sans sourire, j'ai plié soigneusement le papier et je l'ai fourré dans ma poche. Ils ont compris immédiatement la faute qu'ils venaient de commettre. Le jeune type s'est précipité sur moi. J'ai soixante ans, presque, mais j'ai passé ma vie à me battre et souvent à me battre salement. Et un type, même jeune qui veut tataner un vieux, mérite un peu de ce « salement ».

J'ai écarté, comme à la corrida, et je l'ai cogné, du coude, sèchement, dans le dos, sous la clavicule. Il a hésité, sous la douleur, deux secondes de trop. Mon doigt replié l'a frappé derrière l'oreille. Il s'est relevé et a frappé dans l'autre sens, comme s'il voulait boxer la ville en contrebas. Puis ses jambes se sont dérobées sous lui. Je savais qu'il ne saurait plus où il était pendant deux ou trois minutes.

C'était un vieux Basque qui nous avait appris ça, il y a longtemps. Une tête brûlée, disparu corps et biens lors d'un voyage pas vraiment officiel en Uruguay. Il voulait serrer contre son sein Carlos Marighela.

Fabienne, les pupilles dilatées, fixait son acolyte sans bouger d'un poil. Je me suis planté devant elle et, moi aussi, j'ai jeté mes yeux dans les siens, complètement, en me concentrant pour lui dire muettement, petite conne, tu te goures d'adversaire, tu ne sais même pas dans quelle pourriture d'adulte ta sœur s'est fourrée, et tu ferais mieux de ne pas chercher à le savoir…

Quand elle a baissé les yeux, je suis parti sans me retourner, assez fier quand même… J'avais été un peu violent, de cette violence qu'usent parfois les fascistoïdes, mais je n'aimais pas l'idée que des jeunes comptent sur la police pour faire peur à qui que ce soit.

*

La gaufrette du samedi matin était du genre abscons : « Jusqu'à la lie. » C'était peut-être aujourd'hui que j'allais en baver un maximum. Pourtant, le programme était simple, aller à la fête du lycée technique, assister au concert de rock et essayer de me gauler Maurice Lentec. En temps que sourdingue complet, je n'avais rien à craindre des décibels des amateurs hardeux. L'adversité viendrait donc d'ailleurs, s'il me fallait continuer à croire à mon Yi-King croustillant à la vanille.

Le lycée Jean-Mathé, près des voies de chemin de fer, n'était pas loin de Jules-Romains, juste de l'autre côté du stade de foot municipal d'Itry. Des bâtiments un peu plus gris, dans la cour, des arbres alignés un peu plus rachitiques, des bombages sur les murs un peu moins ordonnés, mais un peu plus méchants.

La grande cour était noire de monde. Pour la fête du bahut, les élèves avaient installé plein de stands, il y avait la vente de bouffes diverses, de journaux, de produits locaux, comme dans toute foire qui se respecte. Les élèves faisaient du troc, de la braderie, du décrochez-moi-ça. Ça échangeait facilement du blouson contre du casque de moto. Il y avait aussi des tréteaux et des tables plus politiques, les orgas lycéennes se tiraient la bourre pour attirer le client.

Un grand match de basket profs-élèves venait de se terminer, il y avait des adultes rougeauds cherchant à récupérer leur souffle, assis par terre, et je sentais qu'il y avait du bruit, de la musique partout. Quelques parents, mais pas beaucoup. Des profs, bien sûr, veillant au grain, plein d'affiches, on projetait à 15 heures des films vidéo tournés par le Caméra-Club de Jean-Mathé, l'un d'eux se nommait *Un Destin Grêle*, mais le gros de la troupe s'amassait devant une scène, au fond, dressée devant des murs grisâtres comme percés de meurtrières, scène sur laquelle s'entassaient de gros amplis et haut-parleurs noirs, vaguement menaçants. Des affiches, là encore, le concert du group Artefact, avec une photo des musiciens, rockers à cagoule d'où dépassaient des boucles de cheveux.

Je me suis promené, nonchalant, dans la petite foule qui commençait à se grouper fiévreusement autour de la scène, certains déjà assis par terre, par grappes, l'air fermé, un peu méchant, la canette à la main, et pourtant ce n'était pas sur place qu'on vendait de la bière, d'autres, chevelus, le sourire hargneux, les mains enfoncées dans les poches latérales des perfecto. J'ai vu le frère de Rosario, toujours enrobé de sa cape noire, assis en tailleur au centre exact de la cour, insensible à tout regard, à toute moquerie. Et puis des jeunes plus bondissants, vêtus d'une manière plus voyante, des casquettes et des chaussures de sport un peu fluo, de jeunes beurs, des Noirs aussi, dans une autre bande. Tout le monde se regardant avec des sourires du genre « tu ne perds rien pour attendre »... Des groupes s'amusant fortement à paraître ennemis irréductibles, mais tous réunis quand même pour la messe, la zikmu, comme ils disent, le rock pour les sinistres en cuir, le rap pour les énervés en baskets.

J'ai reconnu quelques élèves de Jules-Romains, j'ai aperçu Fabienne, de loin, et j'ai fait attention de ne pas trop me trouver sur son passage, mais elle était trop occupée à essayer de se faire une place le plus près possible des amplis. Rosario et Zaïr n'étaient pas là, ce qui m'étonnait un peu, ils étaient peut-être enfermés dans la cave du Mickey, avec Marie-Louise, un gourdin à la main, devant la porte. Un bruissement derrière les oreilles m'a averti qu'un changement s'effectuait dans l'assemblée. En effet, sur la scène, quatre types, en cagoule, le corps sanglé dans des combinaisons vert foncé, guitares en bandoulière, venaient de faire irruption. L'un d'eux est venu parler à Fabienne, j'ai pensé que ce pourrait être Maurice, après tout il avait été amoureux de sa sœur, mais il s'est redressé immédiatement pour aller brancher sa basse électrique. Quand celui du fond a commencé à taper sur ses tambours, des coups sourds dans mon estomac m'ont prévenu que le laminage venait de commencer. Les spectateurs, d'abord figés, se sont mis un peu à bouger. Ce n'était pas encore du délire, mais ils étaient déjà noyés, perdus, dans la musique. J'ai reconnu alors Anne Gadot, debout, devant, dansant sur place. Sa frêle silhouette qui se déhanchait, les bras levés vers le ciel gris, le visage toujours un peu fermé et triste, m'ont bizarrement serré le cœur.

On m'a tapé sur l'épaule. C'étaient les Déconno Brothers, tout sourire. Rosario, qui n'est pas à une provocation près, s'était mis du persil dans les oreilles, et Zaïr paradait dans un magnifique tee-shirt frappé d'un diable MOTORHEAD, qu'il avait enfilé par-dessus son blouson.

Rosario m'a demandé de quoi écrire et sur le calepin, il m'a griffonné en rigolant :

SUPER, C'EST DU TECHNO-DESTROY !

J'en ai profité pour lui demander lequel était Maurice, il m'a répondu que c'était celui qui chantait et que c'était dommage que je n'entende pas son mignon filet de voix.

Zaïr a rajouté, sur le calepin, qu'il chantait aussi bien que sa mobylette mais qu'il ne roulait pas aussi vite.

Je les aimais bien, ces deux gugusses. Leur regard toujours un peu cynique sur tout dénotait une belle santé mentale, même s'il pouvait s'enfermer dans une morgue un peu gonflante, à force. Je savais que leur générosité, ils auraient tout le temps après le lycée, de la mettre en pratique. Pour l'instant c'était bien qu'ils établissent une distance avec toutes choses.

La foule des lycéens remuait maintenant en cadence, petite mer noire intérieure, agitée par une tempête dans le désert de béton de la cour du lycée technique. Ils se levaient, pour mieux bouger, pour voir le groupe caché par ceux qui s'étaient dressés devant eux, et surtout, parce que les bandes d'obédience différente avaient tendance à se regrouper, faire corps, au cas où. Ça sentait la bagarre, mais le baston joyeux. Ça se mettait à se bousculer vertement, des types sautaient de droite à gauche heurtant d'autres auditeurs qui repoussaient l'assaillant vers les côtés. Les visages devenaient un peu hilares, les adultes s'écartaient sagement, un bon concert de rock moderne commençait, un samedi qui allait illuminer la morne vie de tous ces jeunes de banlieue s'apprêtait doucement à être inoubliable.

J'ai remarqué Anne Gadot parlant à l'oreille d'un grand type tout habillé de cuir dont la tête me disait quelque chose… Mon estomac battait de plus en plus rapidement, la cadence et la frénésie sonore devaient donc faire de même.

Je me suis un peu éloigné, pensant à la façon dont je pouvais mettre la main, deux minutes me suffisaient, sur Maurice Lentec. Difficile. C'était un de ses jours de gloire, il ne serait jamais prêt à se faire emmerder aujourd'hui, il faudrait qu'il assure avec les groupies, qu'il range le matériel, tout ça.

J'ai été jeter un œil sur les stands, j'ai bu un Coca, acheté deux journaux lycéens, le *Yaourt*, organe des Astronautes du Subconscient, et *Landru*, le journal du Foyer, et puis je me suis assis dans un coin vide de la cour, sur un banc. Du soleil un peu chaud passait entre des rangs serrés de gros nuages. J'avais mal aux jambes, je ne pense jamais à mon âge, mais c'est lui qui se rappelle à moi, par moments, la sciatique, des rhumatismes, ces trucs de vieux. Les journaux lycéens étaient pleins de bandes dessinées hésitant entre le sado-masochisme noirâtre et la science-fiction à la 1984. Et des textes crypto-dadaïstes, des poèmes toujours hantés par Rimbaud, des critiques de films et de disques comme s'il en pleuvait. Le sempiternel portrait de prof au vitriol. J'ai cru comprendre que ces deux organes de presse, violemment ennemis, ne pouvaient pas se voir en peinture et les allusions assassines ne manquaient pas pour démoraliser l'adversaire en disant, en gros, que l'autre c'était de la merde en bâton.

Une ombre sur mon journal.

J'ai levé la tête. Le prof de Jules-Romains me souriait. Celui qui m'avait conseillé de foutre le camp. Vuelle. Vêtu jeune, tout à coup, en blouson de toile noire, lunettes de soleil sur le front. Je lui ai serré la main, il a fouillé dans sa poche, sorti une enveloppe, mais avant de me la donner, il a écrit quelques mots dessus.

VOUS AVEZ TORT.

J'ai haussé les épaules.

Il m'a salué d'un bref geste de la tête et s'est dirigé vers le concert. Je l'ai vu parler avec quelques élèves, puis s'enfoncer dans la petite foule mouvante des spectateurs. De mon temps, jamais les profs n'étaient aussi près des élèves, qu'est-ce qu'il avait ce type, quarante-cinq ans ? peut-être qu'il était admis comme un semblable.

Nous, nos professeurs faisaient partie, presque tous, d'un autre monde, intouchable, d'une autre famille qu'on avait pas vraiment envie de connaître. Non pas à cause de leur âge, mais sûrement à cause de leur fonction.

J'ai ouvert l'enveloppe, il y avait un texte imprimé, ce type avait un traitement de texte à la maison, c'est vrai que les temps changent, ça doit même leur corriger automatiquement les fautes d'orthographe, ce genre d'engin. Je me suis souvenu aussi qu'il était journaliste, ce qui expliquait sûrement cette modernité.

Monsieur le jardinier,

(je ne me souviens plus de votre nom, je crois qu'il est de consonance espagnole)

Ma rapidité à vous répondre n'est pas un empressement. Je veux me débarrasser de tout ça et ne plus avoir à en entendre parler, que cela vienne de vous ou de quelqu'un d'autre. Je pense que vous êtes au service de la police ou manipulé par elle, c'est pourquoi je me plie, un peu par prudence, à votre demande. Je ne crois pas avoir des renseignements déterminants à vous communiquer, j'ai même dit à la police des trucs que vous ne saurez jamais, et ce qui suit m'est dicté par le respect que j'avais pour Laura. Comme je sais qu'elle vous aimait bien, elle parlait de votre jardin comme de son « île déserte », j'accepte de vous écrire ce que j'ai plus sur le cœur que dans la tête.

J'estime que vous faites fausse route. Vous allez générer, parmi certains qui accepteront de participer à votre « enquête », quelque chose qui pourra ressembler à de la délation. Soit ils ne connaîtront pas suffisamment Laura pour dire des choses sensées sur elle, ils seront alors tentés de raconter n'importe quoi, de mentionner des détails sans importance, des détails qui risquent de donner une mauvaise idée de cette jeune fille et de son entourage, soit ils penseront trop bien la connaître et alors, ils « frimeront », comme ils disent, ils étaleront une intimité dont vous n'avez que faire. Quoi que vous fassiez, vous ne serez jamais à la place d'un psychanalyste, par exemple, mais toujours à la place d'un flic.

J'en avais ma claque des leçons de morale. Surtout venant de types qui disent, c'est pas bien ce que vous faites, c'est pas bien de vous raconter des choses, et qui le font quand même. Le genre de ceux qui sont contre le meurtre des animaux tout en bouffant l'entrecôte maître d'hôtel. À la limite je préférais des réactions du genre de celle qu'avait eue Fabienne, le genre niet, nib, casse-toi, je ne suis pas là…

J'étais le professeur d'anglais de Laura, l'an passé. Pendant un an, j'ai appris à la connaître comme élève (bonne de surcroît) et ensuite comme amie. Notre profession nous pousse désormais à tisser des liens avec les jeunes qui ne soient pas uniquement dépendants du rapport maître/élève. De temps en temps, nous ne sommes plus les possesseurs d'un pouvoir, celui du savoir, mais plutôt les représentants attentifs du monde des adultes dans lequel ils se préparent à entrer.

Laura faisait partie d'un petit groupe avec lequel j'ai eu des liens privilégiés, hors lycée. Nous passions des après-midi ensemble (par exemple une ou deux fois dans votre jardin), nous allions au cinéma, au théâtre, j'ai dîné plusieurs fois dans les familles, ils sont venus plusieurs fois chez moi. Laura a même servi quatre ou cinq fois de baby-sitter pour mes deux enfants, ma femme avait une totale confiance en elle, et ça lui faisait de l'argent de poche.

Là, j'ai senti quelque chose de bizarre. Comme s'il voulait absolument parler de sa femme, comme s'il ne voulait pas que je puisse croire, ou bien qu'on puisse un jour me faire croire qu'il y ait eu quelque chose entre lui et Laura. Il ne voulait pas me dire qu'il avait été l'amant de Laura tout en essayant de me fournir des indications comme quoi c'était pareil. Il devait se méfier de tout ce qu'on me dirait. Un mensonge qui peut-être ne portait pas à conséquence, seulement un type un peu pétochard qui sentait un possible orage.

Je me suis arrêté de lire. Cette lettre, pompeuse, qui me prenait de haut, qui maniait le concept comme si j'étais un débile mental, ne sentait pas bon. Elle était trop ordonnée, pleine de componction, ça puait son paternaliste à plein tuyau, encore un coup pour rien.

Plus loin, le concert de rock battait son plein. Ça bougeait beaucoup, ça cartonnait un peu, quelques horions ponctuaient le rythme. Mais ils avaient tous l'air de se marrer, c'était un peu raide comme passe-temps, mais c'était comme ça que les jeunes s'amusaient maintenant et il n'y avait pas de quoi rameuter la maréchaussée. Les filles et les adultes étaient maintenant nettement sur les côtés, laissant le terrain libre à l'agitation musclée des mecs, au milieu dans la mêlée, un rugby sonore. J'ai cherché des yeux Vuelle et d'autres gens que je connaissais, mais j'étais trop loin et ça bougeait trop. J'ai vu Rosario sortir du magma humain en se tenant les côtes, mais il est allé se jeter un Coca dans le gosier et a refoncé dans le tas, pieds en avant.

J'ai repris ma lecture.

Pourquoi elle a été assassinée, je n'en sais rien et, moi, je n'ose pas avoir une idée là-dessus. Je préfère m'en tenir à la version officielle. Je ne pourrai pas non plus vous confier quelque chose de « bizarre », comme vous dites, à son sujet. Elle était autant équilibrée qu'on peut l'être à son âge, avait des relations avec les garçons on ne peut plus normalisées, pensait bien et juste, ne paraissait pas se livrer à un quelconque trafic, était folle de musique anglo-américaine tout en étant très émue par Patrick Bruel, lisait beaucoup, et plus que la moyenne.

Dix lignes pour rien, j'ai pensé. Plus loin, j'ai enfin remarqué Vuelle en grande conversation avec le grand type en cuir qui parlait tout à l'heure avec Anne Gadot. J'ai même eu l'impression qu'ils me regardaient, en coin, tout en faisant semblant de parler d'autre chose…

Néanmoins, je vais satisfaire votre désir. Je crois être le seul à savoir une chose sur elle, qui n'explique rien, mais qui la dépeint un peu plus quand même. Quand elle est arrivée en sixième, sa maturité l'a amenée à être déléguée de la classe. Parmi ses copains, il y avait un dénommé Bonneau (et oui !), un petit mec au crâne rasé et au pantalon à bretelles, une vraie gravure de poulbot, qui, du jour au lendemain, s'est mis à payer des petits pains et des malabars à toute la classe, et tous les jours, pour s'attirer les faveurs des autres, pour rattraper sa mauvaise image de déjà cancre. L'assistante sociale a fait une petite enquête et a vite trouvé ce qui nous semble encore aujourd'hui, six ans après, dément. Ce petit macho avait monté un réseau de prostitution, on ne peut pas appeler ça autrement, avec deux filles de quatrième qu'il terrorisait, les clients étaient de seconde, à la récréation, ce n'était pas très grave, des attouchements. Il est passé en conseil de discipline. Laura, déléguée de classe de onze ans, l'a défendu comme une vraie avocate, bec et ongles, malgré sa répulsion. Tout le monde était sur le cul. Bonneau et sa bande ont été virés. Ses profs d'alors ne sont plus là, moi j'y étais, comme représentant du syndicat enseignant, je me suis dit, cette fille sera une fille bien.

Je n'écris pas le nom de Bonneau à la légère. Je sais que sa famille est maintenant loin, en Nouvelle-Calédonie, cette histoire ne concerne en rien ce qui s'est passé, bien sûr.

Autre chose : quelqu'un vous dira obligatoirement qu'un jour, Laura m'a giflé en classe. C'est de notoriété publique. Elle s'en est excusée devant tous. Je ne l'ai pas punie gravement pour ce geste d'énervement qui avait dépassé sa pensée. Elle venait de rompre avec son fiancé du moment, et moi je lui ai fait bêtement une réflexion comme quoi ce n'était pas avec le devoir bourré de fautes qu'elle m'avait donné qu'elle se trouverait un boy-friend en Angleterre. La baffe est partie avant qu'elle ne puisse la retenir.

Voilà.

Faites très attention, monsieur, de ne pas salir sa mémoire.

P. Vuelle

Plus loin, le concert s'était un instant arrêté. Les jeunes s'éparpillaient dans la cour, allant s'agglutiner autour de la buvette, les « stars » d'un jour étant très entourées, et beaucoup de jeunes voulaient apparemment monter sur la scène de fortune. Je me suis levé et je me suis mêlé à la petite foule. Les membres d'Artefact avaient fort à faire pour ne pas se faire arracher leurs instruments. Plein de gosses voulaient jouer à leur place. En les regardant bien, en détaillant toute cette agitation, j'ai vite compris que pendant la pause, le groupe acceptait plus ou moins de laisser la place et les instruments à de plus grands amateurs qu'eux, à des petits jeunes qui devaient s'entraîner dans leurs chambrettes, le soir, mais qui n'avaient pas souvent l'occasion de toucher à un matériel un peu plus sophistiqué, surtout devant une petite foule de gens acquis à la cause. Deux petits Noirs et un grand type en parka commencèrent, les yeux pleins d'étoiles, le sourire concentré, la pause mythique du rocker au bord des hanches, à accorder les instruments.

C'était un beau bordel. Personne ne voulait quitter la scène. Je suivais de l'œil Maurice Lentec, qui venait d'ôter sa cagoule, découvrant un visage tout rouge et de longs cheveux collés par la sueur.

Je l'ai rejoint, jouant des coudes, au moment où il allait s'en jeter un. Je lui ai tendu un questionnaire qu'il a pris d'un geste brusque, tendu, ce type était à bout de nerfs, et qu'il a lu de ses yeux rougis, perçants, allumés…

Il a froissé le papier de rage, puis s'est repris et m'a demandé de quoi écrire. La bouteille d'eau à la main, il s'est écarté un peu, a défroissé le papier et s'est mis à écrire sur un coin de haut-parleur, alignant des mots avec rage, sans réfléchir, comme s'il faisait un poème définitif. Pendant ce temps-là, je sentais, aux coups sourds frappant mon estomac, que les petits jeunes tentaient de jouer du rock and roll. Des spectateurs agitaient leur tête en cadence, mais beaucoup s'éloignaient un peu, comme déçus. Un autre membre d'Artefact, toujours encagoulé, est venu parler à Maurice Lentec, mais celui-ci, très énervé, l'a écarté du bras.

J'ai repéré Rosario, qui rigolait avec une petite punk hérissée de rose, Vuelle, plus loin, qui semblait se barrer de la fête, mais je ne quittais pas des yeux le Lentec qui avait l'air de jeter sa gourme comme un perdu. Je me suis dit que, dans l'excitation, il allait peut-être me donner LE renseignement qui me ferait enfin avancer.

J'ai attrapé Rosario au moment où il allait se mettre à repiller la buvette et je lui ai demandé d'un coup d'œil interrogateur qui était le grand type, là-bas, au fond, en cuir.

C'EST BONNEMAY. UN PROF D'ICI. LE MEC DE COLUMBA, il m'a griffonné sur le bout d'une affiche d'Artefact collée à un haut-parleur. Je m'en souvenais tout à coup, ce type que la moitié des élèves de Jules-Romains auraient voulu voir mort pour une seule raison, qu'il puisse être l'amant de la pionne sublime et inaccessible.

Lentec, l'air tout aussi dézingué des synapses, m'a tendu sa feuille et m'a aussitôt tourné le dos, revenant vers la scène, pressé de voir quel traitement les rockers d'un jour faisait subir à sa guitare chérie.

Il avait rempli la page d'une grosse écriture

tremblée, je ne sais pas à quoi il fonctionnait, ce type, au méthanol peut-être, mais il avait dû user le Bic que d'ailleurs il ne m'avait pas rendu.

Je suis Dieu, sucez-moi la bite !

Personne ne sait rien sur rien, qu'on se le dise. Laura l'aura pas. Pas toi, flicaille, ordure, non plus. Le Dalaï Lama sait, lui, grand bien lui fasse ! Laura l'aura pas s'est réincarnée Stratocaster, Les Paul Custom ! Elle emmerde les fers à repasser dans ton genre, dans le mien. Elle est partie avec encore un peu de mon sperme dans la tête et j'espère qu'elle accouchera dans l'au-delà de quelque chose qui ressemblera à de la beauté pure ! La seule chose que je SAIS de Laura l'aura pas c'est qu'elle était comme une phrase d'Artaud, un ventre fin, un ventre de poudre ténue et comme une image. Au pied du ventre, une grenade éclatée.

À l'intérieur, je suis retourné comme un gant, je vois des usines calcinées partout !

Allez vous faire mettre.

Bon. Normal. Un ado en pleine décomposition postsurréaliste. J'aurais dû m'y attendre.

J'ai repensé brutalement à toutes ces lettres écrites, toutes ces paroles qui se jouaient de moi, d'une certaine façon. Mes correspondants calculaient tout ce qu'ils disaient, me révélaient ce qu'ils voulaient bien me révéler, quand ce n'était pas des conneries, de vieilles histoires, ce truc de Bonneau, par exemple, quelle importance… Et si quelqu'un savait quelque chose de vraiment bizarre, pourquoi me le dirait-il, et si l'assassin était parmi ceux qui me répondaient, soit il ne dirait rien, soit, bien au contraire, tactique, il m'en dirait des tonnes, ferait semblant de m'aider, et, ainsi, me contrôlerait efficacement, me lançant sur de fausses pistes, en avance sur moi de deux longueurs, sachant très bien le danger que je pouvais représenter pour lui. Et dans ce cas précis, alors, mauvais temps pour moi.

Un petit soleil baignait maintenant la cour du lycée technique. Le vent, encore léger, faisait claquer des affiches dépunaisées.

Au loin, les coteaux d'Itry, juste derrière les caténaires de la ligne de chemin de fer, bleuissaient timidement. Sur la colline, bétonnée, obscurcie par le lent passage d'un cumulus, désormais plus grise que verte, le lycée, l'autre, Jules-Romains.

C'était comme si j'étais écrasé tout à coup par le poids du monde. Derrière moi, les gosses, des êtres d'un autre monde, d'un autre temps, dansaient et se battaient autour d'un orchestre qui me paraissait tout à coup plus qu'improbable. Comme tout ce que j'avais entrepris. Je me sentais déplacé. Je venais comme d'ailleurs. Je n'avais rien à faire ici, les seuls lieux que je pouvais encore occuper étaient en fait très précis, un jardin, un appartement, deux ou trois cafés. Ma mémoire. Je n'avais pas de famille et je ne m'en créerais plus. Pas de femmes, pas d'enfants, peu d'espoir, sinon celui de couler, enfin, des jours heureux, paisibles, sans travail, sans patron, sans trop de mauvaise conscience.

Eh bien non, j'avais maladroitement cru pouvoir rompre cet isolement, comme j'avais essayé, ma vie durant, d'en combattre un autre, celui de ma surdité, celui de ce silence extrêmement bruyant qui envahissait ma tête depuis mon enfance. Et c'était raté. Je ne retrouverai jamais ni oreille ni parole.

Et encore moins l'assassin de Laura.

C'était aussi ridicule d'assumer ce rôle que de laisser systématiquement, depuis trente ans, une part de mon salaire à la Cause, comme tous les autres disaient, alors qu'elle était loin d'être évidente, la Cause, qu'elle était loin d'être digne de confiance, la Cause, que ceux qui s'en occupaient activement étaient, pour un bon morceau, des flics, des opportunistes ou des romantiques se payant de quoi en parler plus tard, la bouche pleine, calmant une mauvaise conscience de futur bourgeois repu, comme papa et maman, ou encore des ouvriéristes, ce qui est plus grave, pour la Cause.

Trouver l'assassin de Laura, c'était quoi, maintenant ? Me punir de n'avoir pas eu d'enfant ? Une fille ? Une gosse à qui je n'aurais jamais pu parler, un enfant dont je n'aurais jamais entendu la voix gracile, avec qui je n'aurais eu, comme communication, qu'une gesticulation fébrile, voire le tréfonds de regards entendus ?

Mon cul.

Adolescent, j'ai trop souffert de ce manque de parole, toutes ces écoles où j'étais à part, comme entretenu par écrit, nourri à la soupe de lettres, puisque je refusais d'aller avec les autres enfants sourds dans des écoles dites spécialisées. Je n'ai jamais voulu être une spécialité, moi. Ça suffisait d'être orphelin, comme carte de visite. Et puis, j'étais sourd parce qu'on avait voulu me tuer, moi aussi, il y a longtemps, et je me souvenais bien du bruit du vent, des chants d'oiseaux, de la voix de ma sœur, du fracas des fusils. Je savais ce que c'était que la parole, la conversation, la radio, la musique. Je savais que je ne les entendrais plus. Je n'étais pas un sourd résigné.

Les sourds-muets passent leur temps à détester les sourds-muets, avant de se liguer contre les zorros…

Est-ce que je cherchais à me venger de n'avoir pas eu une femme, que je n'aurais même pas entendue respirer la nuit ?

Alors je vengeais quoi ?

Je ne savais plus. On agit pas, disait l'autre, on est agi.

Mon cul, deuxième fois.

La seule chose sur laquelle je pouvais compter, c'étaient ces visions de Laura que j'avais, de plus en plus, je pouvais même sentir sa peau, voir le léger duvet de ses bras près de mon visage, quand elle m'embrassait pour me dire au revoir pépé, à la prochaine fois.

De prochaine fois, il n'y en aurait jamais plus… Elle aussi, était sourde et muette, maintenant. Et le monde était muet.

*

Le lundi, je suis repassé au Mickey-Bar. Il n'y avait ni Rosario, ni Zaïr.

Dehors, en revanche, ça s'agitait ferme. Tous les lundis, beaucoup d'élèves loupaient volontairement les cours pour assister à un spectacle réputé au Mickey, la « course des Brueghel », comme José Pocardi l'appelait finement. C'étaient deux petits vieux de l'hospice d'Itry qui passaient, tous les lundis, vers neuf heures trente, devant le bistrot. L'un était paralytique, l'autre aveugle. Le deuxième poussait la petite voiture déjantée du premier qui guidait l'aréopage. Ils arrivaient de l'avenue de la République, et pour prendre la grande rue longeant le stade, une côte assez ardue, ils devaient prendre le virage en épingle à cheveux devant le Mickey, où tous les élèves s'amassaient pour les applaudir, pour les encourager, car ils prenaient de l'avance, se mettaient à courir, se tapaient le virage à toute blinde, Prost et Patrese, et invariablement, s'arrêtaient dans la montée, dix mètres plus loin, crevés, au bord du collapse. Alors deux ou trois gosses allaient aider l'aveugle à monter le paralytique en haut de la côte. Ainsi les élèves se marraient comme des baleines en toute bonne conscience.

À l'intérieur du bar, seule tête connue, Le Démon dormait sur une des tables, le bras reposant sur un saxophone rutilant. J'ai pris une Suze-Cassis et j'ai parcouru *Le Parisien*. Pépère a absolument voulu me payer le coup. C'était un petit vieux tremblotant et un peu débile, toujours vêtu de son bleu de travail passablement usé et pâle, la cigarette coincée dans l'oreille, la bouche tordue par un tic permanent.

José Pocardi, un jour, m'avait dressé le drolatique portrait de cet agent du lycée, préposé aux poubelles et au balayage de la cour, vaguement bouc émissaire de ses collègues et des enfants, beaucoup se foutaient de lui, shootaient dans ses patients tas de feuilles mortes, piquaient ses balais, le faisaient tourner en bourrique, lui qui n'était pas très loin d'une possible réincarnation en barrique. Du coup le monde entier, pour Pépère, était un amalgame de « petits salauds », de « salopiauds » et de « trous du cul ». Jusqu'au jour où José avait assisté, un samedi matin, au traitement que lui réservaient ses collègues agents. Pour débloquer les chiottes encombrées et bouchées immanquablement toutes les semaines, les agents avaient une sorte de pompe à pression qu'ils chargeaient, à bras, d'un nombre de kilos impressionnant. Ils disposaient la pompe chargée tout en haut des canalisations et envoyaient la pression pour déboucher les quatre étages en dessous. Mais ils ordonnaient à Pépère d'aller au sous-sol, et d'ouvrir un regard dans la conduite principale pour voir si tout se passait bien. Et Pépère se prenait quatre étages de merde, de trousses, d'objets divers, de serviettes hygiéniques, sur la tronche.

Du coup, José avait rameuté ses potes et Pépère, depuis, persona grata, jouissait d'une protection sans limite de la part des grands.

Gare à celui qui allait l'asticoter dans la cour et se moquer de lui.

Et lui aussi venait au Mickey s'humidifier le polygone. Quand Lucien était encore là, ils faisaient une sacrée paire, le pendant vioque du tandem maléfique Rosario/Zaïr.

Le Parisien libéré, tu ne lis que la dernière page.

Le soir même, ils donnaient à la télé un feuilleton américain, soi-disant de première bourre, un truc culte, tous les téléspectateurs l'ayant déjà vu se posant la même question, « mais qui a tué Laura Palmer ? ».

Décidément. Ce n'était pas un signe de plus, ça devenait carrément de l'ordre de l'obsessionnel.

Françoise Meyer est entrée à ce moment dans le Mickey, m'a souri, illuminant tout, et est allée s'asseoir sur la banquette élimée. À cette heure-là, elle devait se prendre un petit moment de repos, de break, j'ai pensé à la fameuse 403, au grand type en cuir, Bonnemay, et à tous ces discours mystérieux d'élèves, ressemblant à la séquence favorite de leur film d'espionnage préféré… Elle a pris un gros livre dans son sac, l'a ouvert et s'est jetée dedans comme si elle voulait tout de suite oublier le monde des vivants. Plus je la regardais, et, pensif, plus je laissais, sans le vouloir, mes yeux posés sur elle, plus, moi aussi, je la trouvais merveilleuse, un peu comme ces apparitions qui peuplent nos films d'enfance, genre Ava Gardner entrant dans un rade infâme le transformant illico en palais des Mille et Une Nuits.

Je me suis même surpris à chercher une question à lui poser, une question qui ne fasse pas fausse entrée en matière.

Elle a levé la tête. Ses yeux myopes et tellement bleus. Un autre sourire.

J'ai pris une nappe vierge en papier posée sur le comptoir et je me suis assis en face d'elle.

EXCUSEZ-MOI… UNE SEULE QUESTION ET JE VOUS LAISSE TRANQUILLE.

D'un hochement de tête, elle m'a donné son accord et c'était comme si elle disait oui à toutes choses, au monde, à moi. Merde, ce n'était pas le moment de tomber amoureux, de me faire contaminer par le milieu.

LE DU ?

Le nom du type cité par Casimir.

Elle m'a répondu en écrivant, un peu nonchalamment, la tête appuyée sur une main. Cette jeune femme était d'une tristesse infinie, je le sentais, d'un de ces désespoirs dont on ne parle à personne, parce que l'autre n'y a pas droit, parce que l'autre, n'importe comment, ne pourrait pas comprendre.

UN PROFESSEUR D'HISTOIRE QUI ÉTAIT AU LYCÉE L'ANNÉE DERNIÈRE.

Elle m'a regardé, comme si elle réalisait.

IL AVAIT LA CLASSE DE LAURA, elle a rajouté, un peu lasse.

IL A OBTENU SA MUTATION À RENNES.

Le Du, bien sûr, ça voulait dire Le Noir, en breton.

Coïncidence, Casimir est entré dans le Mickey, décidément c'était le dernier endroit où l'on cause, et s'est assis à côté de nous. Il a embrassé Françoise sur les joues, m'a salué, chaleureux, ses yeux étaient fatigués, presque rouges, s'est aperçu de mon regard, et sur la nappe a écrit, en gros, qu'il était en train de tirer les photos de classe, au bas mot cinq cents tirages 13/18, les cadences infernales, même les samedis et dimanches y passaient et que c'était la merde.

J'ai fait mine de m'apitoyer et je les ai laissés. Casimir à son demi. Françoise à son bouquin. *La Femme aux lucioles*, ça s'appelait. Comme elle. Avec ses taches de rousseur qui illuminaient toute la surface de la peau.

Dehors, le soleil aplatissait tout.

J'ai traversé la rue quand une 403 s'est garée devant le Mickey-Bar. Bonnemay, au volant, n'a pas bougé. Je me suis mis à marcher. J'avais fait au moins une cinquantaine de mètres quand Françoise Meyer est sortie du bistrot et est entrée dans la voiture.

*

Le mardi, j'ai dormi comme si je voulais tout évacuer. Le silence de ma tête face au silence du Monde. J'ai tenté de dresser une liste de quelques notes sur Laura. Rien ne transparaissait, je ne sentais rien, ou bien alors des collisions de faits sans importance.

Face à tout ce fatras, ce labyrinthe aux couloirs emplis de vide, j'ai été pris d'un stress bizarre, et j'ai réalisé que tout ça ressemblait aussi à mon appartement, à mon lieu de vie, ou de mort lente, comme on veut. Tout ce que je voyais devant moi ne semblait plus du tout me concerner, comme si j'avais passé ma vie à accumuler là, dans ce trois-pièces, du rien, de l'impalpable, du dérisoire. Quelques livres que j'aimais encore, peut-être. Mais ce n'est pas sûr. Et je me suis dit que j'avais envie de tout foutre dehors, de ne rien garder, d'être comme neuf. Je n'avais rien fait de ma vie physique, la seule chose qui m'avait occupé l'esprit, pendant ces presque soixante ans, c'était la seule faculté qui me restait, celle d'écrire, et encore, écrire quoi ? des histoires de chemins de fer, des panégyriques du TGV, des rapports de planification, des pourcentages de roulements, de tonnages. Un livre aussi, une plaquette de pauvre poésie, mais la mienne, encore un truc qui avait un rapport avec le train. Le train-train des choses. Et ces milliards de petits mots pour communiquer avec le monde extérieur. C'est tout. Pas de famille, peu de souvenirs, l'échec relatif de ma vie sociale, avec, pour seule consolation, celle de n'avoir jamais trahi la Cause. Elle, oui, en revanche, question trahison, elle en connaissait un rayon, et il y en a un paquet, de chefs d'entreprise, d'entrepreneurs Moloch qui disent en souriant, carnassiers, aaaah l'Anarchie ! Toute ma jeunesse !

Je me trouvais subitement dégoûté de mon lieu de vie, car ce n'était ni un lieu, ni une vie, ce n'était rien, ce n'était qu'une planque, où j'avais tenté depuis longtemps, je m'en apercevais tout à coup, de me cacher du réel, de l'obligatoire, du prépondérant.

L'après-midi, je suis sorti de mon néant pour aller taper la belote au Thermomètre, maigre consolation, petite intrusion dans le vrai.

*

Une semaine a passé, comme une serpillière sur du carrelage. J'ai reçu quelques lettres sans importance, des trucs d'élèves surtout, des poèmes à Laura, des mots naïfs, malhabiles.

Je suis allé plusieurs fois au Mickey, mais le cirque local donnait toujours la même représentation. J'ai essayé de rencontrer un ou deux profs supplémentaires mais je n'ai pas pu. Je suis allé une fois dans la salle des profs, mais je me suis fait éconduire par quelqu'un qui devait être le censeur ou quelque chose comme ça.

J'ai passé mon temps aux jardins, à regarder pousser et verdir le sel de la terre.

Le mercredi, j'ai chaussé mes patates déjà hautes. C'est un travail rassurant. Cela veut dire que les plants ont bien pris, que chaque pied est dru et vert et que la terre rassemblée tout autour les individualise fortement, à chaque pied son kilo de futures pommes de terre. C'est presque la moitié du temps de culture. C'est une étape. Mes Belle de Fontenay étaient là comme un chronomètre naturel, me rappelant que le temps ne passe pas, mais avance, plutôt.

Mon âme un peu reposée.

Il avait fait un temps sublime, chaud mais supportable, lourd sans peser.

Et c'est le jour où Françoise Meyer est venue, entre midi et deux, sans un mot, s'étendre sur l'herbe, un journal replié sur la figure, elle n'a pas eu besoin d'expliquer quoi que ce soit, elle est simplement venue pour connaître ce jardin dont elle avait entendu parler et, surtout, pour trouver un lieu « en dehors », où l'on ne risquait pas de lui parler, et de lui parler et de lui parler. Il y avait eu du monde, ce jour-là, ça commençait à s'agiter sérieux dans les parcelles, il ne fallait pas mollir pour le concours de la plus grosse courgette, mais entre midi et deux, la plupart des jardiniers étaient en train d'avaler le plat du jour.

Françoise est partie sans même me dire au revoir, elle n'en avait pas besoin, cette fille avait des ennuis, elle savait que je le sentais, et c'est tout, et c'était bien comme ça.

Le jeudi, j'ai acheté des provisions, décidé à passer deux ou trois jours supplémentaires aux jardins, pour y travailler, y dormir, y rêver. M'y calmer encore, faire de l'ordre. Les plants, les semis, la préparation de la terre m'y aideraient.

Et puis penser aux fleurs. S'occuper de légumes nécessite une pensée constructive, puisqu'il y a production, intérêt. Pour les fleurs c'est différent, c'est un usage, une petite fête, un potlatch, c'est pour les yeux et le nez. C'est-à-dire à peu près tout ce qui me reste.

Chez Vilmorin, quai de la Mégisserie, j'ai été chercher des dahlias, j'en mets toujours une rangée, le long du cabanon, derrière le paquet d'iris blancs, et dans les rayons, j'ai trouvé une sorte de dahlia nain, le Laura D., rouge et blanc. Un autre signe.

Maintenant Laura était comme une plante à bulbe. Bien enterrée. Sortant un jour, par petites pousses vertes, et puis donnant une fleur magnifique, que l'on couperait un autre jour. Et puis il faudrait déterrer le bulbe, le mettre au sec, de côté, sans trop de lumière, pour le replanter l'année d'après.

Une métaphore idiote. Je ne pouvais pas continuer à me demander les comment du pourquoi, je devais y aller à l'instinct. Je m'étais donné un but, sans trop savoir, et si jamais je l'atteignais, il serait temps alors de trouver les raisons de cette quête.

Sur les quais, j'ai failli acheter un livre, *Le Merle* d'Arthur Keelt. Je fouillais, comme ça, un peu au hasard, deux ou trois bouquinistes avaient ouvert, sans conviction, leurs boîtes, j'aurais bien voulu trouver du Maurice Constantin Weyer ou un truc comme ça, la neige, le vent, et j'étais tombé sur ce livre abîmé, le titre me plaisait et comme je l'avais dans les mains et le retournais pour tenter de lire la quatrième de couverture, le vendeur s'était pointé, l'air entendu, la gueule enfarinée, me faisant patiemment comprendre qu'il manquait une page et que pour cela il me le faisait à deux cents balles au lieu de mille. Un livre tout moche, usé, à mille francs ? Qu'est-ce que c'était que ce truc ? J'ai dû faire une tête tellement médusée qu'il me l'a repris des mains, me signifiant qu'il ne voulait plus le vendre, pensant que je l'avais pris au hasard et que je ne le cherchais pas, que je ne devais pas faire partie de la coterie, que je ne le méritais peut-être pas, ce foutu exemplaire.

Qu'il se le garde, rien n'est unique.

Et puis je suis passé chez moi fermer l'eau et le gaz.

Il était déjà tard, en bas, dans le magasin de Mme Bidault, il y avait les télés allumées sur les gueules de Poivre d'Arvor et de Masure. Itry avait presque en entier l'œil rivé sur les infos, des fois que la guerre recommence et qu'il faille descendre en pompes acheter du sucre et de la farine.

Sur le palier, je n'ai pas vu les types, j'ai juste senti l'air qu'ils déplaçaient au moment où j'ai ouvert ma porte. Deux mecs, un la trentaine, l'autre un peu plus âgé, m'ont brutalement poussé dans l'appartement. L'un avait un rasoir à une main et, de l'autre, le doigt vertical contre ses lèvres, me conseillant de ne faire aucun bruit. Ils ont fermé la porte doucement derrière eux. Je les ai vite jaugés, pas des tueurs, pas des cambrios, des durs, des grands méchants loups, des types qui allaient sortir le grand jeu pour me foutre une trouille terrible. J'ai pensé à Laura, très vite, ça ne pouvait pas être eux, mais ça avait forcément un rapport. Ils se sont parlé, ils savaient que je ne pouvais pas entendre, ils étaient au courant de mon infirmité, ils me connaissaient, ils venaient exactement pour moi. Bon, quand faut y aller, faut y aller, j'ai pensé. Un peu comme avant, dans les manifs, quand on sait qu'on va en prendre plein le guéridon, mais qu'on est là pour ça et que c'est un moment difficile à passer, juste avant, après on est anesthésié par les coups, l'action, la rage. Je me souvenais tout à coup d'un soir, nous étions cinq anars, coincés par des mecs de la CGT, une vingtaine, dans une impasse du côté de Nation. Nous avions dégommé, peu avant, deux ou trois types du service d'ordre de la manif qui croyaient, avec leurs brassards, pouvoir nous empêcher de nous exprimer. Nous étions bons pour un cassage de gueule grave. L'un d'entre nous, on me l'a expliqué après, s'est avancé devant les stals en leur disant : « OK, on est bons comme la romaine, mais on vous prévient », il montrait du doigt celui qui paraissait être le responsable du groupe, « lui, on s'en fout, on ne pense plus qu'à lui, on se le prend à cinq, et on le TUE ! » Il y avait eu du flottement, des injures sûrement, et puis les types étaient partis.

La boîte en fer des gaufrettes dépassait un peu de la table, je l'ai prise à pleines mains et je l'ai aplatie sur la gueule du type le plus proche, le plus jeune, qui ne pensait sûrement pas qu'un pépé comme moi entamerait illico presto les hostilités. J'ai vu le sang pisser de son nez. L'autre s'est jeté sur moi et je n'ai pas pu reculer assez vite. À deux, ils m'ont rapidement ceinturé, le type saignait encore, j'en ai eu plein l'épaule quand il m'a bloqué les bras en arrière. L'autre m'a collé le rasoir juste sous l'arête du nez, je n'ai plus bougé d'un poil. Tout bourdonnait dans ma tête. Puis il a écarté légèrement sa lame et m'a collé un coup de poing dans le ventre, juste sous le sternum. Et puis un autre plus bas. Sans pouvoir me retenir, révulsé, sans aucun souffle, je lui ai vomi dessus et mes jambes se sont dérobées sous moi. Le mec qui me tenait m'a laissé tomber par terre me filant un grand coup de pied dans les reins et un autre sur le haut du crâne, m'écrasant le haut de l'oreille. Je devais hurler et de drôles de sons devaient me sortir de la bouche parce qu'ils m'ont regardé un peu interloqués, c'étaient des plaintes qu'ils n'avaient pas l'habitude d'entendre. Mon souffle est revenu d'un coup et j'ai dû siffler ou chuinter ou quelque chose comme ça, parce qu'ils ont fait un air dégoûté, un pas en arrière, une mimique de décontenancés. Le mec au rasoir a enlevé son blouson de toile noire, il avait un tee-shirt rouge en dessous, des gros bras musclés, et il s'est penché sur moi pour me frotter la tête avec le dégueulis qui salissait toute sa manche droite. J'ai vu alors, très vite, au creux de son épaule, son tee-shirt bâillait, un tatouage curieux, une zone voulant comme imiter la peau du léopard. Il m'a regardé droit dans les yeux et ses lèvres ont prononcé clairement le mot : fasciste. Puis il m'a filé trois claques, ma tête a volé sur le sol, j'ai pris un autre coup de pied dans la cuisse, la béquille du chef, et enfin ils sont partis, obligatoirement silencieux.

*

Je suis bien resté une heure sans bouger, des larmes plein les yeux. Tout me faisait mal, je respirais tout doucement, n'emplissant mes poumons que de peu d'air à chaque fois, ne bougeant même pas d'un millimètre. Il y avait au moins vingt-cinq ans que je n'avais pas pris une dégelée pareille et toutes ces années comptaient maintenant, en double, en quadruple. J'allais avoir un mal fou à récupérer. C'est surtout le ventre qui vibrait de douleur, j'étais sur le côté et j'avais l'impression que toutes mes tripes étaient à vif et allaient tomber sur la moquette si jamais je bougeais. Je me souvenais d'un film américain, *Catch 22*, ou un truc comme ça, où, pendant tout le film, c'était récurrent le paquet d'intestins à l'air.

Sans bouger je pensais à toute vitesse.

On ne tape pas impunément comme ça sur un vieux, faut quand même avoir de sérieuses raisons.

Les flics ? Se vengeant de ma morgue à leur égard ? Peu probable, ils avaient d'autres moyens de définitivement m'emmerder.

Rapport à Laura ? Je ne voyais que ça.

Comment, pourquoi, ça mystère, on m'intimait le conseil de laisser tomber et de m'occuper de mes salades.

Va savoir si ceux qui avaient envoyé ces deux salauds se rendaient bien compte qu'ils me disaient ainsi que j'avais raison, que ce n'était pas un crime de rôdeurs, que ça tournait autour du bahut et des gens que j'avais contactés, les questionnaires, tout ça.

Il y avait aussi Fabienne, la petite sœur… Des copains à elle ? C'était peut-être ça.

En tout cas, ce n'était pas complètement des pros du cassage de gueule, d'abord le coup du tatouage, il n'a pas fait gaffe, ça ne court pas les rues ce genre d'écusson, et puis il y avait le mot fasciste craché avec un vrai dédain. Un mot que j'ai souvent craché de la même manière, avec la même haine.

Aller voir la police ? Me forcer à y aller ? Qu'est-ce que je risquais ? De me compromettre ? Auprès de qui ?

Le vide se faisait autour de moi.

Couché en chien de fusil, je pouvais voir, pas loin de mon nez, dans la pénombre du soir, la grosse boîte en fer contenant les gaufrettes renversées. Les gâteaux avaient été écrasés, piétinés, c'était comme du sable ou de la poussière d'or.

Pas question d'aller voir les cognes. Jamais m'y résoudre. J'ai tendu la main vers une gaufrette encore entière, encore entourée de Cellophane.

« Stop », il y avait marqué dessus.

Pas question d'arrêter. Ils avaient fait une erreur, et même plusieurs erreurs. Un paquet d'erreurs. D'abord, l'ennemi s'était en quelque sorte démasqué.

Un ennemi.

Le rôdeur hasardeux rencontré au coin du bois, fini. Ensuite, l'ennemi avait peur et s'il voulait que j'arrête, c'est qu'il était persuadé que je pouvais trouver quelque chose. Donc l'ennemi n'est pas loin, et il y a une de ses traces relativement visible.

S'il sait qui je suis, l'ennemi ne sait pourtant rien de moi. Il ne sait pas que, maintenant, je n'abandonnerai jamais, que j'ai de la douleur à venger, que j'ai retrouvé un peu ma jeunesse, toute une partie de ma vie passée à me battre, souvent très durement.

L'ennemi n'a vu que mes soixante berges, il ne sait pas encore que, même maintenant, je n'hésiterai pas à cogner. Et que j'aime toujours ça.

Quand j'ai décidé de me lever, avec précaution, lentement, grognant sans doute, il était presque dix heures du soir et ça faisait pas loin de deux heures que je pleurais silencieusement, recroquevillé sur le sol. Ce n'était pas du désespoir, c'était irrépressible, comme une manière inconsciente de me laver, d'exsuder ce qui venait de se passer, c'était peut-être aussi de douleur bien que je ne sentais presque rien, une anesthésie locale.

Je me suis traîné jusqu'à la salle de bains, je me suis lavé la figure, enfin l'odeur de vomi me quittait un peu, j'ai ouvert ma chemise, un gros hématome bleuâtre au milieu du ventre. Mon oreille était rouge et gonflée. Par miracle ils avaient tapé la gauche, si la tatane du type avait cogné l'autre côté, je n'aurais sûrement pas été là à me regarder, bébête, dans la glace, dressé sur la pointe des pieds. La boîte crânienne avait morflé dans mon enfance, légèrement enfoncée par endroits, resoudée je ne sais trop comment.

La balle du fusil, tirée à moins de dix mètres, avait traversé le côté de ma tête sans trop faire de dégâts mais en emportant avec elle, dans le fracas de l'Histoire, suffisamment de bouts de mes os pour que, de ce côté-là, je ne sois plus vraiment entier, ou intègre, comme on voudra, et sectionnant à jamais ce qui me rattachait au monde des sons et de la musique.

J'ai bu beaucoup d'eau, le plus possible et je suis allé me coucher.

Demain serait un autre jour.

J'irais aux jardins. Faire le vide, panser mes plaies, me laver la tête et me noircir les mains, car la terre, un peu acide, comme si elle teintait le derme, laisse des traces brunes sur la peau des phalanges, comme une ombre qui ne part pas sous le savon, qui s'enfuit simplement avec le temps.

*

* *

Le printemps s'était définitivement installé. Les giboulées, c'était fini, le vert envahissait tout, les pousses, les bourgeons. Le lilas embaumait. J'ai aéré les semis, à petits coups légers de binette, et j'ai arrosé, peu, en pluie.

J'y allais doucement, mon ventre était toujours très douloureux, je me suis même demandé s'il ne me faudrait pas aller voir un médecin, j'ai eu peur d'un éclatement de la rate ou d'un truc comme ça, mais les docteurs, c'est comme les flics, ils te font asseoir devant leur bureau, on ne peut jamais les contredire, et quand ils t'envoient de force à l'hosto, ça vaut bien le dépôt.

J'ai préparé la terre pour les courgettes, les tomates, les aubergines, une rangée chacune, mes plants, dans la petite serre de fortune, étaient déjà bien grands, forts, vert pâle. J'ai semé aussi une rangée de radis roses, des flamboyants. Dans deux mois, je pourrai acheter du beurre salé, et à la place des petits roses, je mettrai, pour l'hiver, du noir de Paris, celui qui craque le mieux.

Je me suis occupé de la terre. Un boulot de base. Essentiel pour l'âme.

Matin et soir, j'ai guetté le doryphore, que l'on peut voir aussi comme un merveilleux petit scarabée, un insecte en livrée marron et jaune. Mais que l'on écrase furtivement d'un coup de talon.

J'ai décidé de repeindre le cabanon, d'abord au minium gris et puis en vert wagon.

Mais l'essentiel du temps passa dans de longues pauses au soleil, allongé, à rêver. Je ne pouvais même pas me résoudre à lire, j'étais comme vidé, et je regardais le ciel, quand il était complètement bleu, je me disais que j'avais huit ans et que j'étais dans mon village, en Espagne, allongé dans l'herbe haute, sur un coteau de la Sierra de Paranera, pas loin du mont Corrunco, que l'on voyait, les jours de mauvais temps, se couronner de vert profond, un peu comme celui qui recouvrait à présent le cabanon.

*
* *

J'y suis resté plusieurs jours, dans le jardin, presque des grandes vacances. J'ai même manqué l'immanquable belote du mardi. J'y ai beaucoup bu. Du vin blanc, exclusivement, du muscadet, ça lave bien, laminé, mon ventre, comme passé au papier de verre fin, et la douleur a passé.

Jamais je ne me suis ennuyé.

J'ai eu de la visite.

Des messagers de bon et mauvais augure.

Qui m'ont forcé à quitter mon antre, mon ancre.

*
* *

J'attends Marion au buffet de la gare Saint-Lazare. On a décidé de vivre deux heures ensemble. Dans un des endroits que l'on préfère, ce resto au fond de l'immense salle des pas perdus. Comme elle me l'a écrit un jour, ce n'est pas perdu pour tout le monde... Elle m'apporte la transcription des bandes, et, quand j'étais passé, ce matin, à son bureau, elle m'avait simplement écrit sur son écran d'ordinateur que c'était la première et dernière fois qu'elle écouterait et écrirait des horreurs pareilles, avant de me filer rencard au buffet.

Donc j'ai hâte de découvrir ça, Rosario et Zaïr ont dû en profiter pour raconter des saletés, et les jeunes beurs de la cité Bonmousseau n'ont pas dû rester en rade. Pauvre Marion. Pauvre Enric, moi.

D'abord, il n'y a pas de raison, aux jardins, ce sont les bourres qui ont débarqué les premiers. Honneur à la Loi. Le commissaire Gaillet, dans un bel état de fureur contenue, en plein espoir sémantique il avait emporté son calepin et ses stylos-feutres, avait piétiné mon rang de radis, le blanc de l'œil aussi rouge que les petits légumes qu'il avait sous les semelles, m'a sorti un papier de sa poche, me l'a collé sous le nez, j'ai reconnu un de mes questionnaires, j'ai pensé immédiatement que c'était un des profs de Jules-Romains qui lui avait envoyé.

Donc, ça pouvait être aussi un prof qui avait envoyé les sbires chez moi pour m'intimider.

Le commissaire m'a demandé en gros qu'est-ce que c'était que ça, n'attendant pas de réponse, et m'écrivant sur son calepin que j'étais inculpé d'entrave à la justice, de confiscation d'informations utiles à l'instruction dans une affaire de crime, de sang, de faux témoignages, etc. et que je serais bientôt convoqué par le juge, à Créteil. Ensuite, dans le même mouvement épistolaire, il m'a interdit d'aller au Mickey-Bar, que Marie-Louise risquait sa licence si elle me laissait désormais entrer dans son établissement, et que si l'on me trouvait à moins de cinq cents mètres du lycée, on m'embarquerait illico, les motifs ne manqueraient pas, il y aurait toujours quelqu'un pour témoigner que je montrais ma bite aux jeunes filles qui faisaient de la gymnastique sur le stade.

Comme pendant toute cette correspondance à sens unique, je n'avais pas bougé, ni répondu, en fait je ne savais absolument pas quoi dire, il a renoirci une page de son calepin pour me spécifier que je devais d'être encore en liberté à ma future et obligatoire coopération, c'est-à-dire que j'acceptais de lui filer les réponses aux questionnaires que j'avais déjà.

En écrivant que je n'avais eu encore aucune réponse, méfiance instinctive de ceux à qui j'avais pu le donner, pour preuve le civisme de celui qui lui avait immédiatement donné celui qu'il avait dans les mains, mais que je ne manquerais pas de le faire, dès que j'en recevrais, je pensais au sac de plastique noir renfermant les textes, qui était enterré approximativement à quarante centimètres sous les pieds de son adjoint, debout dans l'herbe folle de la parcelle de Toto.

J'avais vu les épaules de Gaillet s'abaisser, puis se rehausser sensiblement sous l'effet d'une forte inspiration.

ON VA TE BAISER, JOVILLAR. TU TE COMPORTES COMME UN ASSASSIN QUI ESSAIE DE SAVOIR SI QUELQU'UN SAIT QUE C'EST LUI, il a écrit.

Tordu comme raisonnement, mais pas bête, le prof, Fray, avait eu le même que lui. Un commissaire était donc au moins aussi intelligent qu'un prof de lettres.

SI C'ÉTAIT MOI L'ASSASSIN, JE ME FERAIS TOUT PETIT, MONSIEUR LE COMMISSAIRE, JE N'IRAIS PAS FAIRE CHIER LE MONDE ET ME RAPPELER À LUI, j'ai répondu.

Il m'a arraché le calepin des mains.

SOUVIENS-TOI VIEUX SALAUD DU DÉNOMMÉ HENRY. LE TUEUR DU PETIT GARÇON, IL DISAIT QUE L'ASSASSIN MÉRITAIT LA GUILLOTINE. EH BIEN IL A FAILLI SE FAIRE RACOURCIR...

IL Y A DEUX C À RACCOURCIR, COMME DANS ACCUSATION, j'ai écrit en retour.

Il m'a regardé longtemps, il avait une réelle envie de me frapper. Puis il a avancé la main, m'a tourné la tête sur le côté, observant, très intéressé, l'état présent de mon oreille gauche.

Et puis il m'a filé une tarte en plein dessus. J'ai sans doute grogné, comme un cochon. Ma vue s'est un instant troublée, sous la cisaille de la douleur.

Quand mes yeux se sont rouverts sur la vacherie de ce monde, il y avait un papier devant mes yeux :

ARRÊTE TES CONNERIES. DÉFINITIVEMENT.

C'EST UN CONSEIL OU BIEN UN ORDRE ? je lui ai demandé, finement, sur son calepin.

C'EST UNE ORDONNANCE, CONNARD.

Et ils étaient partis.

Fin de la première visite.

Marion est arrivée, m'a embrassé sur la bouche et m'a conduit à une des tables. Elle me souriait, manifestement contente de me voir. Ça m'a fait du bien, c'était rare ces temps-ci. Quelqu'un qui m'aimait. J'ai pensé à elle, avant, des images de nos abandons, des sensations gravées à jamais dans la peau de la tête. De la main, Marion m'a demandé de la laisser choisir à ma place. Elle s'est mise à éplucher le menu, à tous les coups j'allais avoir droit à l'andouillette au chablis.

On faisait, en ce moment, beaucoup de choses à ma place, même Rosario s'y était mis, il avait déboulé aux jardins m'amenant deux réponses au questionnaire qui étaient arrivées au Mickey. Je les ai ouvertes immédiatement pour savoir, fébrile, si Anne Gadot faisait partie du lot. Non, c'étaient deux lettres de profs. J'en ai profité pour lui dire de continuer, car il me serait difficile de désormais me pointer dans notre rade favori. Je lui ai demandé également des nouvelles d'Anne Gadot, il s'est mis à rougir, ce grand couillon, et il m'a répondu qu'il était bien parti pour remettre ça comme en 14.

Et puis il m'a donné quelques nouvelles du front. Notamment de l'événement dont tout le monde parle au Mickey-Bar, une bagarre entre Françoise Meyer et Bonnemay, son amoureux en manteau de cuir. Ils s'étaient frappés assez durement, querelle d'amants qui tournait mal, ou bien motifs encore plus inavouables, et la belle et mystérieuse surveillante était venue pleurer devant un whisky, sans rien cacher de sa détresse et de son énervement aux lycéens ébahis, silencieux, qui auraient TOUS voulu avoir alors le courage de la consoler.

Marion a commandé le repas à un garçon très étonné de voir la dame prendre les choses en main et le monsieur se taire complètement. Et puis on a commencé à parler avec les yeux, on savait très bien que tôt ou tard la nappe allait morfler, quand on ne tiendrait plus.

Le garçon a amené une bouteille de vendôme blanc.

TU TE SOUVIENS ? n'a pas résisté Marion, sur la nappe, à l'envers.

J'ai fait oui de la tête, alors que ça ne me disait absolument rien. Elle faisait sa midinette. Nous avons levé nos verres et bu, très concentrés sur ce souvenir mystérieux et unilatéral qui avait l'air de la retourner passablement.

Le vin était en même temps fruité et très astringent, doux-amer. Mais je le buvais à grandes lampées, sans trop y penser, car j'avais surtout envie qu'elle me donne ce qu'elle avait tapé, tout en sachant que je ne pourrais pas les lire devant elle, qu'il faudrait attendre pour que je sache s'il y avait quelque chose dans les élucubrations de ceux que j'avais interrogés, qui puisse me faire avancer. Des renseignements peut-être anodins mais qui commenceraient, mis à la queue leu leu, par donner un peu de sens, comme ceux contenus dans les deux lettres que m'avait apportées Rosario, dont la réponse d'une dénommée Mme Schapira, prof d'histoire-géo, qui me conseillait elle aussi d'interroger Fray et Casimir, comme si personne d'autre, au lycée, n'était capable de parler, et qui, sur Laura, ne disait pas grand-chose, sinon qu'elle s'intéressait pas beaucoup à l'histoire, sauf récemment, où elle avait beaucoup posé de questions sur la guerre d'Algérie, le FLN, les porteurs de valises, tout ça, et sur Mai 68, mais ce sujet était celui de prédilection de beaucoup d'élèves.

Ce n'était pas déterminant mais, quand même, la lettre de Fray tournait un peu autour de ça et celle de Jérôme, son ex, aussi, vers la fin. Sans parler du fiel jeté par Casimir. C'était donc une jeune fille tourneboulée par les événements de Mai. À plus de vingt ans de différence. Elle n'était même pas née quand la Sorbonne avait été libérée. Cet engouement n'était pas uniquement dû à cette quête d'identification que pourraient avoir les lycéens d'aujourd'hui, surtout, comme le disait aussi Fray dans sa lettre, que ce qu'étaient devenus les soixante-huitards ne pouvait pas être pris comme exemple probant. Sinon, la dénommée Schapira y allait, elle aussi, de sa petite histoire étrange… Laura avait fait partie, l'année d'avant d'un des nombreux clubs mis en place par l'animateur, en l'occurrence un club magie, tenu par un élève de terminale, Bivetot, qui leur apprenait des tours de prestidigitation, de passe-passe, des tours de cartes, etc. Un après-midi, Laura, en cours, était très bizarre, un peu molle, rêveuse. Un autre élève aussi. Schapira, la prof, malade, avait arrêté le cours avant la fin et renvoyé tout le monde dans ses foyers. Le soir, chez elle, elle avait reçu un coup de téléphone affolé du dénommé Bivetot, forcé de lui avouer que, dans les séances du club magie, il faisait aussi de l'hypnose, et qu'il avait hypnotisé Laura et son copain, mais qu'il devait les « libérer » après les cours et qu'il ne les avait pas trouvés, et qu'il était paniqué, et il lui demandait, angoissé, leurs adresses, n'osant pas expliquer tout ça à l'administration. Schapira les lui avait données, et n'avait plus jamais entendu parler de cette histoire. Elle n'avait jamais non plus pu tirer les vers du nez de Bivetot et savoir l'objet de sa panique, c'est-à-dire ce qu'il avait bien pu demander à Laura et à l'autre garçon de faire sous hypnose. En contrepartie, le club avait été fermé au grand dam des petits qui adoraient les lapins en peluche sortant des chapeaux.

Je pouvais en faire quoi, moi, de ce genre d'anecdote ?…

Effectivement, c'est une andouillette qui a atterri devant moi. Le regard de Marion me demandait si j'étais content. Je me suis frotté le ventre en signe de joie gastrique. Elle avait choisi une entrecôte salade. Le régime. Sans doute.

T'ES HEUREUX, HENRI ? Ça y était, le roman nappe était entamé.

JE NE SAIS PAS. J'AI DES PROBLÈMES, COMME ON DIT, j'ai répondu.

Elle m'a regardé, sincèrement peinée. Elle me connaissait suffisamment pour savoir que l'idée de bonheur avait depuis longtemps quitté ma façon d'envisager tout devenir, que mon « militantisme » chez les anars était une obligatoire façade, une manière de ne pas oblitérer mon passé, de réintégrer de possibles racines, c'est vrai, les espingoins sont soit des fascistes soit des anarchistes, Puig Antich était un martyr absolu, le son crissant du garrot m'avait fait écrouler en larmes, et le Grapo une source de réconfort temporaire. Quand Pierre Desproges avait dit que les deux seuls hommes politiques morts en s'envoyant en l'air étaient Félix Faure et l'amiral Carrerro Blanco, je n'avais pas, comme certains, taxé ça de mauvais goût. Bien au contraire.

À propos d'anars, j'avais eu la visite, au jardin, le deuxième soir de ma courte retraite, d'un grand type maigre, les cheveux peignés en arrière, avec un petit catogan, en parka bleue, qui m'avait salué et qui m'avait tendu un petit carton sur lequel était simplement écrit Pierre Laglace ORA. J'avais marqué en retour, juste en dessous, Enric Jovillar CNT-AIT. On s'était serré la main, comme si nous étions deux chefs d'armée en train de faire une jonction sur le front.

La Fédé avait fait la commission, rapidement, et le seul anar conséquent du lycée Jules-Romains était là, face à moi, pour m'aider, se dandinant un peu, mais prenant l'air dur et responsable de ceux qui sont certains d'être du bon côté du manche. Même si nos obédiences n'étaient pas exactement les mêmes, nous étions recouverts, ensemble, par l'ombre du grand drapeau noir.

Nous n'avons qu'un peu « conversé », mais il voulait savoir quoi faire, ne pas perdre de temps en civilités. Je lui ai donc demandé de me trouver une fausse carte de police, un fac-similé, un truc comme ça, un peu grossier, mais qui peut faire illusion dix secondes. On oublie toujours que l'anarchie garde un rapport secret avec l'imprimerie. Après tout, c'est dans un local sentant le plomb que Jules Bonnot avait rencontré Victor Serge et Callemin, Raymond la Science. De nos jours, il y en a un autre, de Raymond scientifique, mais c'est un entraîneur de foot, un Belge.

Il m'a répondu : dans trois jours, et est parti comme un fantôme. Encore un qui gagne sa jeunesse et se fait de sublimes souvenirs.

— C'EST QUOI CES TRUCS QUE TU M'AS FAIT TAPER ?

— DES CONFESSIONS MODERNES.

— UN TAS DE GROSSIÈRETÉS, OUI.

— LES JEUNES PARLENT SANS DOUTE COMME ÇA.

— SI C'EST ÇA QU'ON LEUR APPREND AUX ÉCOLES...

— S'ILS L'AVAIENT ÉCRIT, ÇA AURAIT ÉTÉ DIFFÉRENT.

Marion a haussé les épaules. Elle s'est penchée et a sorti de son sac un gros paquet de papier, au moins une quarantaine de feuillets. Elle me l'a donné, au-dessus de l'andouillette.

— JE TE DOIS COMBIEN ? j'ai écrit sur la nappe qui commençait sérieusement à se noircir sur tout un côté.

— RIEN.

Je savais que ce n'était pas la peine d'insister.

— COMMENT JE PEUX TE REMERCIER ?

— AIME-MOI TOUJOURS.

Je l'ai regardée en souriant. C'était un petit bout de femme formidable qui, avec moi, avait vécu quelque chose d'absolument romantique, et qui me remercierait toujours de ça, alors que…

Le garçon est venu desservir, jetant des coups d'œil inquiets sur l'état de la nappe, se demandant à quel jeu on pouvait jouer, devant se dire que, décidément, on en voyait tous les jours. J'ai tenté de deviner à l'avance quel dessert elle avait pu me commander, mais j'ai abandonné vite, me demandant quand je pourrais enfin lire tout ce qu'elle m'avait remis, et repensant à la deuxième lettre qui m'avait attendu au Mickey, la réponse d'un certain Massempès, prof de latin-grec, sans doute l'équivalent adulte du rocker, de Maurice Lentec, qui me disait en gros que, de la même manière qu'Antonin Artaud était la réincarnation de Bossuet, l'Aigle de Meaux, Laura était un ange, sans doute une troisième ou quatrième vie possible de Jeanne d'Arc, suppliciée, conduite à la mort par une église moderne, une réincarnation évidente de l'Inquisition, je n'avais qu'à, pour trouver son tortionnaire, me demander quel était le Torquemada local.

Cette lettre un peu démente m'avait mis mal à l'aise, peut-être à cause de sa référence à l'Espagne, coïncidence qui me faisait une drôle d'impression, ce prof ne devait pas savoir que j'étais d'origine catalane…

Marion m'avait commandé du fromage. Du brebis, frais et sec. C'est vrai, une de mes hérésies était, elle s'en était souvenue, d'adorer le fromage de brebis avec du vin blanc.

JE T'AI PRIS DU CHÈVRE, PARCE QUE L'EMMENTHAL EST BAS, elle a écrit. C'est une des seules femmes que j'ai connues qui adorent les jeux de mots, elle en a un répertoire conséquent et c'est rare que dans n'importe quelle occasion, elle n'en lâche pas un.

On a continué à s'écrire, tout en mangeant, on était passé de l'autre côté de la nappe. Marion se demandait si elle devait prendre sa retraite anticipée, car, dans ce cas, le mari voulait vendre le pavillon de Rosny, et revenir du côté de La Roche-sur-Yon et elle ne se voyait pas bouffer des mojettes jusqu'à la fin de ses jours. Ses enfants étaient sortis d'affaire et son fils aîné travaillait dans la génétique sur la programmation informatique de la chaîne d'ADN. Grand bien lui fasse, j'ai pensé.

Nous nous sommes embrassés sur le trottoir, à la sortie du resto. Il y a longtemps, nous aurions passé l'après-midi ensemble. Aujourd'hui, elle est repartie vers son bureau, et moi, je l'ai regardée marcher, à petits pas ondulants, vers son traitement de textes.

Je tâtais, dans ma poche, la fausse carte de police que Pierre Laglace m'avait apportée la veille, en me conseillant de la détruire après usage. En partant, il avait coupé une branche de lilas blanc et l'avait emportée avec lui. Il avait sans doute délaissé le lilas mauve, parce que c'était une couleur d'évêque.

J'ai repris le métro jusqu'à la gare du Nord, puis le train jusqu'en lointaine banlieue, à Frépillon, une petite bourgade du Val-d'Oise, juste avant Auvers, une petite ville qui passe son temps à hésiter entre la campagne un peu pouilleuse et le HLM qui l'est beaucoup plus, le genre de village qui ne l'est plus et qui possède encore une gare surnommée une halte, comme au bon vieux temps.

Pas loin de la voie de chemin de fer, il y a quelques pavillons, quasiment recouverts de lianes et de viornes poussiéreuses, avec de grands champs devant, labourés et entretenus par des cultivateurs qui veulent toujours faire croire que les riches plaines agricoles du Vexin commencent là.

J'ai poussé la vieille grille repeinte cent fois en vert par le maître de maison, j'ai vu au moins une dizaine de chats décarrer de tous côtés, j'ai contourné le corps de bâtiment, en traînant des pieds sur la coquette allée de graviers, bordée de pots de fleurs renversés.

Zbiegsky était dans le jardin, derrière, en train de démonter un moteur de je ne sais quoi, tant il était désossé. Son jardin était à l'abandon, il détestait le jardinage et n'aimait que la mécanique. Du même âge que moi, à peu près, il avait donné tout ce qu'un Polonais peut donner à la vie, la mine, la carbochimie, la débauche, le chômage, puis était monté à Paris où son génie absolu du démontage de moteur l'avait installé comme OS à perpète dans un garage de la porte de Champerret. Il était curé comme un fou, la Vierge noire, tout ça, saint Walesa, Dieu Wojtyla, et détestait les anarchistes, tous, en bloc, des infidèles. On a souvent pensé qu'on avait du bol qu'il ne soit pas espagnol, car on aurait eu en lui de la bonne graine d'inquisiteur. Mais alors, dans une manif, c'était une vraie bête. Le suivre, c'était se retrouver derrière les premières lignes des forces de l'ordre à tous les coups. Et, en plus, jamais vu, jamais pris. Ce type avait une technique simple. L'ennemi, c'était le CRS, une création des socialistes, de Jules Moloch, comme il disait. Il se devait d'en descendre un à chaque fois, en faisant bien attention de le dégommer sans trop l'abîmer, sans doute un reste de charité chrétienne. Et il pérorait, sans aucune fierté, que si tout le monde faisait comme lui, il n'y aurait plus aucun problème. Il détestait les flics, tous des philistins et, pour lui, tataner les forces de l'ordre était comme une moderne croisade. Aussi, il faisait tous les coups durs dans nos rangs, détestant derechef les services d'ordre de tous poils, tous des lâches, des chiens de garde, on ne parlait jamais politique en sa présence, mais uniquement stratégie de baston. Il disait aussi qu'il serait prêt pour la seule tactique qui en valait la peine, celle qui, à ses yeux, nous rendrait définitivement adultes, c'est-à-dire la lutte armée. Et pour cet aspect des choses, il avait depuis longtemps prévu.

Quand, après les étreintes d'usage et les embrassades convenues d'ex-camarades, je lui ai demandé ce pourquoi j'étais venu, il est parti au fin fond de son terrain encombré de vieilleries métalliques et m'a laissé devant un verre d'eau-de-vie.

Le ciel se couvrait et de gros paquets de coton gris-noir passaient au-dessus des coteaux de l'Oise, plus bas. Ce que je buvais, du moins je crois, c'était de la poire, l'estomac transformé en modèle réduit d'Etna.

Je me suis mis à ressasser ce que j'avais lu dans le train, toutes les conneries que les loubards de Bonmousseau, et les deux ahuris du Mickey avaient pu confier à mon petit magnéto. Et je comprends la réaction de Marion face à toutes ces confidences. Le langage était assez précis, en verlan pour les premiers, Marion avait même poussé la conscience professionnelle jusqu'à transcrire phonétiquement ces mots qu'elle ne comprenait pas, comme meuf, zonblou, le gnonpo, teubi, lopeusa, etc. Pour ce qui est des révélations de Zaïr et Rosario, à part leurs blagues habituelles, rien ne me fournissait l'ombre d'une piste ou d'un renseignement. Mais ce qu'ils me disaient de la vie lycéenne ne coïncidait pas avec l'idée qu'on en avait, avec tout ce qui était écrit dans les gazettes. Bien sûr, comme d'habitude, dans ces derniers, on ne parlait que des merdes, des ratés du moteur, des histoires bien saignantes, on n'évoquait jamais l'organisation sous-jacente, consciente ou instinctive, permettant à plus de mille personnes de pouvoir vivre ensemble. On parlait peu des attitudes déjà adultes de jeunes voulant passer l'essentiel de leur temps adolescent dans une turne que beaucoup de journaleux appelaient, la bouche en cul de dindon, une prison sans barreaux.

La vie au lycée Jules-Romains était donc relativement calme. Un peu comme partout, dans ce genre de bahut, les mêmes problèmes surgissaient mais se réglaient, là, plutôt vite et bien, parce que l'endroit était un peu plus huppé que le CES de quartier, parce que les élèves étaient un peu plus encadrés, soit par des parents moyennement concernés, ça suffit pour sauver une génération, soit par leur propre aptitude à se grouper et à prendre en main leur propre vie sociale. Par exemple, il y avait bien eu du racket à la sortie, mais, après deux ou trois bagarres menées par des terminales des Jeunesses communistes, c'était terminé. Il y avait eu des règlements de comptes dans les cités, bien sûr, mais là aussi les permanents du Parti avaient vite fait de l'ordre, vite relayés par les associations pullulant dans tous les secteurs. Les moutons noirs avaient rapidement été isolés, dénoncés, écartés, voire déplacés par diverses subtilités municipales. Rosario, à cause de la virulence de tous les rejetons Pocardi, m'avait même raconté la visite, chez lui, de cadors locaux de l'action socio-éducative, venant dire au papa et à la maman de mettre le holà au délire filial. Le père Pocardi avait finement émis l'idée qu'en tant que Calabrais, si on continuait à l'emmerder, une Camorra itriote n'était pas loin. Ce qui avait apparemment calmé les instances cantonales.

Il y avait aussi les faits divers, mais pas de rapport avec Laura, l'année dernière, deux suicides, une fille qui était dans une histoire familiale pas possible, divorce tournant en eau de boudin noir, et un garçon de seconde, sage et mystérieux, mais déjà bouzillé de la tête, avait remarqué Zaïr qui s'autoproclamait ainsi, une première, le psy de service. L'année dernière, il n'y avait eu que deux élèves trempant dans des histoires de drogue, et là aussi l'encadrement avait joué à plein, relayé par l'administration du lycée qui frappait vite et fort, c'était la technique locale, renvoi immédiat et publicité maximum auprès des parents. Zaïr et Rosario étaient en même temps fiers que leur lycée ait cette réputation de propreté et en même temps écœurés de la dureté répressive tendant à tuer tout écart dans l'œuf. Ils jugeaient que la tranquillité se payait dur et que la soi-disante atmosphère libérale et bon enfant du lycée n'était qu'une commode façade. La municipalité, ses cadres et ses intellectuels, voulaient que LEUR lycée restât un bon exemple pour ce coin de banlieue. Il devait, contre vents et marées, y avoir, à Itry, ville depuis toujours progressiste, des HLM heureux, des écoles où l'on travaille et des commissariats où l'on ne voit que des voleurs de poules. Comme ça faisait longtemps qu'il n'y avait plus de gallinacés sur le béton, les flics étaient tranquilles. Les seuls poulets encore en liberté roulaient en voitures banalisées.

Il y avait obligatoirement des histoires de vol dans les couloirs, et surtout les mobylettes dehors, mais, bon an mal an, ça n'empirait pas, ça restait dans une moyenne toute nationale. En bon anar qui s'ignore, Zaïr notait que ces vols étaient plutôt de l'ordre de la récupération et du partage des biens avec les loulous de la cité de transit d'à côté. Mais il suffisait d'un bon cadenas, d'une grosse chaîne et surtout de la surveillance exercée par les élèves en cours de gymnastique sur le stade bordant le parking des deux-roues, pour éviter une parano galopante, voire une remontée alarmante de la statistique. Pas d'histoire de bandes rivales, les zoulous étaient inconnus dans les parages, une pratique réservée au plateau d'Itry, plus haut, loin. Des bagarres, bien sûr, à la récré, à la sortie, brèves, peu sanglantes, surtout des histoires de cul, ou bien des rivalités politiques, des fins nerveuses d'assemblées générales comme celle à laquelle j'avais pu assister la dernière fois. Mais Laura gérait son cœur comme une pro, et d'après eux, la politique ce n'était pas son fort, la preuve, elle avait laissé tomber une des huiles du lycée, Zorglub, le ténébreux Jérôme, un des idéologues officiels de la jeunesse locale, pour l'autre fondu de Maurice, pour qui l'œuvre de Marx était moins importante que la discographie des Ramones. Laura ne faisait pas partie d'un quelconque groupe à risque. Elle n'avait même pas eu d'accointance avec la petite bande de premières, des fanas d'informatique, qui, l'année dernière, avaient eu quelques ennuis par suite de piratage de systèmes. Elle était trop nulle en maths, avait rajouté Rosario. Ce n'est pas une question de mathématiques, avait corrigé Zaïr, c'est un problème d'esprit logique. Fait pas chier, avait retranscrit Marion, en guise de réponse du jeune Calabrais.

Le seul problème un peu épineux qu'évoquaient Zaïr et Rosario, c'était tous les trucs de racisme. Évidemment, eux aussi avaient leur part dans ces attitudes et restaient assez chatouilleux sur le sujet, Rosario un peu moins certes, mais il n'oubliait pas que, même dans son pays d'origine, les Milanais appelaient les Calabrais « gli Africani »... Mais les profs parvenaient, du haut de leur savoir, à étouffer les histoires un peu graves, même quand c'étaient entre fils de Kabyles, fils d'Arabes ou de harkis. Le dénommé Mohand Bellaïche, le copain de Laura, n'était pas à la traîne pour se charger de la répression des mauvaises paroles, la moindre allusion récoltait une tannée de la part de sa bande et même des profs avaient été mis au pilori. Fils de militant, Mohand avait même remonté jusqu'au proviseur, menaçant de procès et de voie de presse, pour obtenir les excuses publiques d'un prof de maths qui l'avait traité de jeune chien. Cela dit, lui et sa bande étaient non seulement admis par l'administration mais même cooptés, car, grâce à eux, grâce à l'histoire familiale de la plupart d'entre eux, ils étaient la parade absolue à toutes ces histoires d'intégrisme et de religion. À Itry, pas de tchador.

Rosario et Zaïr racontaient tout ça dans le désordre, signifiant des vannes et des racontars pas toujours de haut niveau, je pensais souvent que Marion avait dû taper tout ça d'une seule main, l'autre se pinçant le nez, on était souvent très loin de Laura et de mon enquête, mais quand même, tout ça me persuadait définitivement que ce n'était pas dans la vie de tous les jours, celle des élèves, que son drame avait pris racine. Tout le monde savait tout sur tout et si Laura avait été embringuée dans une histoire louche, tout le monde aurait vite été au courant. J'en venais même à me demander si le crime de rôdeur n'était pas en fait une solution virtuelle.

Zbiegsky est revenu avec deux petits paquets de tissu cousu et me les a donnés.

TU JETTES APRÈS USAGE, il a marqué sur le papier huileux protégeant la table de jardin des pièces de moteur qui la jonchaient. Après on a bu longtemps, en silence, en regardant le ciel obscurci.

Et puis il s'est mis à nouveau à m'écrire, pensivement.

TU NE T'EN SERS QU'EN DERNIER RECOURS, C'EST QUAND MÊME UN PROLONGEMENT DE SA MAIN QUE LE SEIGNEUR DÉSAPPROUVE

J'ai acquiescé en souriant. Le Seigneur avait bon dos. Mais comme il a créé toutes choses…

ET LA SAINT-BARTHÉLEMY ? j'ai écrit en vitesse.

Il a haussé les épaules.

Quelques gouttes de pluie tiède se sont mises à tomber quand j'ai repris le chemin de la gare.

Je n'aurai pas besoin d'arroser.

Sur le quai désert, attendant la rame métallisée qui me ramènerait sur Paris, j'étais clair de l'âme. J'étais paré.

On m'avait attaqué. Chez moi. Sur mon territoire. J'en sentais encore un peu les traces sur mon corps. Cette erreur que l'ennemi avait commise… Impensable. Inespérée. Sans ça, je n'aurais pas bougé. Maintenant, c'était la guerre.

Des petits jeunes sont montés, en bande, deux gares plus loin, bardés de blousons aux manches colorées et de grosses godasses de sport. J'étais seul dans le wagon, ils ont commencé à hurler, je m'en rendais compte à leurs visages tétanisés par les cris, se sont mis à sauter partout, taper à coups de pied sur les banquettes, les parois et même les vitres. Ils étaient complètement allumés, il leur fallait autre chose. Ils sont venus petit à petit vers moi, sans doute guettant le commentaire qui, à tous les coups, ne leur plairait sûrement pas.

Mais je n'ai rien dit, et pour cause. Je me suis simplement levé pour leur faire face. Ils m'ont jaugé un instant en ricanant, et sont sortis comme un seul homme, le train venant de s'arrêter à Vaucelles.

Je me suis dit que pour un bon baston, ils seraient volontiers descendus à la suivante. J'avais dû les impressionner. J'avais en moi une haine, maintenant. Je la suais.

J'étais prêt. Ça se voyait.

C'était bien.

J'ai été planquer le flingue dans un des bidons de Charles, après l'avoir ficelé, avec les munitions, une trentaine de balles, dans un sac étanche. Un pistolet automatique de la Manufacture de Tulle, bien huilé, au fonctionnement simple, un 7.65, le chargeur avait un ressort neuf et brillant, le numéro avait été limé, sans doute une prise de guerre de Zbiegsky, récupéré opiniâtrement derrière une manif dure, il y a longtemps, quand les métallos avaient des espadrilles aux pieds et des musettes remplies de boulons de 18, ceux qui font des trous dans les casques. Non, ce n'était pas le bon temps. C'était une sorte d'horreur. Je me souvenais tout à coup de Saint-Nazaire, en 55, on avait défendu la mémoire de Fernand Pelloutier, les policiers avaient terminé à la baille et nous avions gagné 22 % d'augmentation d'un coup.

Je suis rentré chez moi, totalement épuisé par toutes ces vadrouilles.

Je ne tenais plus debout.

Je me suis endormi tout habillé, j'ai eu l'idée d'enlever mes chaussettes, mais ce ne fut qu'une idée.

*

Au Thermomètre, la belote faisait rage. Je faisais équipe avec Germanaz, et comme je n'avais aucun jeu, je me contentais de l'épauler. Il manœuvrait comme un dieu, pas besoin de faire d'appel, il n'y avait qu'à suivre. Nous avons été une ou deux fois dedans, mais nous restions en tête. Les premiers arrivés à cinq mille points payaient la tournée qui s'annonçait sévère, Raymond ayant décidé de ne carburer qu'au Jack Daniels. Il avait lu ça dans un bouquin, le nom de la marque lui plaisait, même s'il avait fait puissamment la gueule quand il avait avalé la première gorgée. Et comme il perdait, il commençait à se demander comment nous annoncer, sans nous froisser, qu'il envisageait de s'humecter dorénavant à la Badoit.

Et moi, j'avais le temps de repenser à tout ce que j'avais lu la veille, cette diarrhée verbale de Bellaïche et de son copain, la rédia balver plutôt, pour employer leur langage. Ils m'avaient couvert la bande d'insanités tout calibre, profitant de ce temps de parole pour dégommer tout, leur cité, leur bahut, la France, les cocos et les babas (ceux-là, et pour cause, impossible de les dire en verlan), les profs, le feujs, les zesgons. Une vengeance débitée de manière bordélique et hachée, si je pouvais en croire la transcription de Marion, qui, la pauvre, ne s'éloignait pas trop de ce qui était dit. Je ne pouvais pas leur en vouloir, en fin de compte ils avaient une attitude assez libertaire, ne laissant aucune prise à une récupération possible, rien n'avait grâce à leurs yeux, et surtout pas les bonnes paroles d'intégration, de vie future de travail, tout ça, ce qui revenait le plus souvent c'est qu'ils nous avaient foutu la pâtée pendant la guerre d'Algérie, que les fromages s'en étaient pris plein le derche, pardon le cheder, et que ça continuerait toujours et que la banlieue allait exploser, que Saddam Hussein n'était pas un vrai rebeu, fallait pas confondre, ce n'était même pas un Mésopotamien, mais (sic) un maso-hippopotamien, une blague qui a dû plaire à Marion, mais que les vrais rebeu c'étaient eux qui étaient comme le ver dans le fruit. Et que ce serait bien fait pour notre chetron.

Les filles, les femmes, les mères et les grand-mères étaient en général des lopesas. Mais pas les leurs, bien sûr. Comme Bush était le Grand Satan, Laura était la Grande Lopesa. La manière qu'ils avaient eue de la fustiger incessamment disait bien sûr qu'ils étaient, ou avaient été fous amoureux, eux aussi, de la jolie blonde qu'elle était, qu'ils connaissaient depuis l'école primaire, qui ne les avait jamais pris pour autre chose que ce qu'ils étaient, mais qui avait fait la faute de leur préférer d'autres garçons. Ils ne parlaient pas des profs comme des rivaux, pour eux ce devait être une chose impensable que Laura puisse tomber aussi dans les mains des adultes, mais en revanche certains d'entre eux en prenaient durement pour leur grade. Vuelle en particulier, un cul de plomb pour Mohand, une grande gueule qui parlait trop de racisme et de lutte contre le racisme pour que ça soit aussi net que ça dans sa tête. Ils parlaient aussi d'un Corse, Raldacci, qui basait sa pédagogie sur la hurlante exacerbée et le coup de pied au cul, et qu'ils avaient décidé de se faire un jour, ils avaient son adresse, et de Massempès, pour qui ils avaient quand même une certaine admiration, car lui ne les prenait pas pour de la demer et leur faisait étudier des poèmes persans, même s'ils ne comprenaient pas la moitié de ce qu'il leur disait, même s'ils le prenaient pour un péteux.

Mais rien de bien passionnant.

Des injures, beaucoup d'injures, trop d'injures pour que cela porte à conséquence, beaucoup trop de menaces de tous poils pour y croire un instant, on se rendait vite compte que c'était la seule manière qu'ils avaient de se différencier et de ne pas s'en laisser conter. Une méthode comme une autre. Jouer aux durs pendant qu'ils se trouvaient encore vulnérables. Ils seraient récupérés d'une autre façon, je faisais confiance à l'institution pour ça. Déjà, au lycée, ils ne mouftaient pas trop, certains d'être, n'importe comment, privilégiés par rapport à d'autres beurs, dans des cités plus dures, des écoles moins reluisantes. Pour l'instant, ils jetaient leur gourme, se chantaient leur petit rap intime, faisaient semblant d'être de permanente mauvaise humeur, se donnaient une impression de dangereux, de caïds, de durs, de balèzes, pardon, de lèzebas.

On a enfin gagné, huit cents points d'avance, et Raymond a allongé un chèque.

Moi, j'avais perdu. Pas à la belote, mais à mon petit jeu de détective. J'étais à présent sous le coup d'une inculpation, je n'avais pas avancé d'un poil, les lettres que je recevrais peut-être encore, j'étais sûr qu'elles ne m'apporteraient rien de plus, j'étais assez déprimé d'y avoir cru, j'étais furieux de m'être laissé avoir à ce petit jeu de flicard.

Mais j'avais une piste.

Plus qu'une piste, une sorte de blessure. On

m'avait cassé la gueule pour que j'oublie le propre visage de Laura, souriante, fine.

Cette Laura qui ne s'allongerait plus nonchalante, alanguie presque, sur l'herbe de mon petit jardin.

J'ai pris Germanaz à part.

*

Il y avait, sur Paris, six officines officielles de tatoueurs. La bonne fut la troisième que nous avons « visitée ». Bien, ça faisait une moyenne, la chance m'aidait normalement, à moitié. La carte faisait son effet, je devais passer pour un commissaire silencieux, juste ce qu'il faut de mystère insondable, et Germanaz jouait avec plaisir son rôle d'équipier, roulant des mécaniques, et, avec sa tête de tueur poupin, il impressionnait d'emblée, ambiance des souris et des hommes. Je lui avais donné un vague dessin du tatouage que mon agresseur portait sur l'épaule, cette simili-peau de fauve, il montrait ça au tatoueur et demandait un, si c'était courant (les deux premiers n'avaient jamais fait une telle monstruosité, y avait quand même une éthique de la profession) et deux (ça avait été le cas avec le troisième, boulevard des Filles-du-Calvaire) quel était l'inconscient qui s'était fait faire cette enjolivure. Le type se rappelait de quelque chose qui ressemblait à ça, mais impossible pour lui d'en dire plus, il y avait au moins deux ans de ça, et ce n'était pas son genre de tenir un fichier, certes il gardait quelquefois des adresses, des traces de chèques, mais pas tout le temps, en tout cas, à force, il mélangeait tout et ne pouvait plus se souvenir du dessin correspondant au nom du patient.

Je suis resté muet un petit moment, Germanaz se demandait même s'il ne fallait pas se barrer. Comme je craignais que les tatoueurs ne se rebiffent, demandent d'autres précisions, refusent de répondre, voire protègent l'homme léopard qui pouvait être un ami, une connaissance, un membre de la même bande, un frère ou je ne savais trop quoi, comme ce tatouage me semblait si moche que je craignais aussi qu'il fût du genre sauvage, fait à la maison, avec des aiguilles à broder, Germanaz avait pour consigne de ne pas insister, en cas de, il fallait se tailler, ça ne faisait rien, on aurait quand même un début de piste.

Mais tout allait bien, le tatouage était un commerce comme un autre, une mode peut-être, et avait perdu de ce côté mauvais garçon, rue de Lappe, Légion et tout le bataclan, qu'il avait avant. C'était comme les boucles d'oreilles qui, avant, étaient un truc de gitan, un signe de ralliement, et qui maintenant ornaient les lobes d'au moins un bon tiers des garçons du lycée.

Au bout d'un moment, j'ai montré, sur le bureau du type, une grosse boîte en fer, style classeur de fiches et, jouant toujours le cogne en chef qui ne daigne même pas adresser la parole à un pékin moyen, j'ai écrit un nom sur un papier.

Je ne sais pas ce qui m'a pris. Intuition, illumination, chance, tout ça est à mettre dans le même panier, je n'y crois pas trop, les entrelacs d'histoires, de destinées, de possibles sont bien trop resserrés. Il n'y a jamais beaucoup de mystères et à y bien regarder, les choses sont toujours simples.

Alors j'ai marqué LE DU.

Il a fouillé dans sa boîte, a sorti une fiche, écrite à la main, avec des dates de rendez-vous, des petits chiffres au crayon. Il a réfléchi un instant et m'a dit oui de la tête, comme s'il retrouvait la mémoire.

Des milliards de fourmis géantes me cavalaient subitement à l'intérieur.

Sans rien comprendre encore, c'était pourtant comme si tout s'éclairait. Pour la première fois, le ciel s'ouvrait au-dessus de ma tête, comme disent les poètes. Il fallait bien qu'il y ait quelque chose de simple, trop de trucs tordus m'étaient tombés dessus jusqu'à présent, question statistique, ça ne pouvait pas durer.

Sans un mot de plus, nous avons abandonné le tatoueur à ses aiguilles, un grand rocker de banlieue attendait de se faire graver sur le muscle une ode à sa maman.

J'ai filé trente sacs à Germanaz pour service rendu.

Il m'a bien sûr donné rendez-vous le mardi d'après, au Thermomètre.

DÉCONNE PAS, VIENS, LA BELOTE SANS TOI, C'EST COMME UN SANDWICH SANS

MOUTARDE, OU UN BAISER SANS MOUSTACHE il m'a écrit au dos de deux tickets de métro.

*

J'ai descendu doucement, presque en flânant, le boulevard Beaumarchais. Pour une fois, sans faire partie d'un cortège hurlant. J'ai même eu le temps de m'arrêter devant le minuscule petit square Clotilde-de-Vaux que nous saluions, à chaque fois. Le petit buste n'y était plus, il ne restait que le socle maigre et vide. Quelqu'un avait volé la petite statue, quelqu'un d'aussi amoureux qu'Auguste Comte, sans doute. Je l'aimais bien, cette dame tuberculeuse qui refusait ses charmes au philosophe, tout en le poussant à devenir de plus en plus positif, lui qui avait tendance à devenir grossier en pensant à son corps d'albâtre et qui, du coup, se vengeait sur le réel.

Et je pensais à ce que j'avais trouvé. Le troisième larron, que je ne connaissais pas, qui me cassait la figure, et qui, de Rennes, savait l'objet de mon enquête. Pourquoi ? Qui avait pu le mettre au courant ? En tout cas, ça faisait un lien, une attache, un cordon, entre Laura et ses professeurs favoris, Vuelle, Fray, peut-être d'autres encore, tous des ex-maos, mais quel rapport ? Il fallait maintenant qu'Anne Gadot se dépêche de me dire définitivement ce qu'elle savait. Et je me rendais compte que si elle ne l'avait pas encore fait, c'est qu'elle devait savoir des trucs qu'elle hésitait à me dire, ou qu'on l'empêchait de le faire. Anne Gadot était peut-être complice, ou en danger, va savoir. Mais qu'est-ce qu'on voulait protéger ? Et pourquoi tuer Laura ?

Près de la place de la Bastille, je suis entré dans un grand bureau de poste, et je suis resté une bonne heure devant un minitel pour repérer tous les Le Du à Rennes, en Ille-et-Vilaine et dans les départements limitrophes. J'ai copié la liste complète sur l'envers de formulaires de récépissés. Et encore, je n'avais que la liste de ceux qui étaient pourvus du téléphone et d'un numéro accessible. Après, j'ai compté, il y en avait une cinquantaine, rien que sur Rennes.

Pas le temps.

Après, j'ai foncé au lycée et j'ai demandé au gardien de rencontrer Casimir, le plus vite possible, j'avais rendez-vous. L'animateur est venu me chercher dans le hall, et n'a pas paru étonné de me voir à nouveau. Il était encore en train de tirer les photos de classe et m'a emmené, dans les étages, dans une salle, avec une chambre noire, le Club Photo. Deux agrandisseurs en batterie, des dizaines de photos séchant sur du fil de linge tendu en travers de la salle.

Et Fabienne, dans un coin, triant les tirages. Qui m'a regardé, penaude et nerveuse.

Casimir s'est enfermé dans la chambre noire pour terminer une classe, pendant tout ce temps, nous nous sommes regardés, Fabienne et moi, en chiens de faïence molle, jusqu'au moment où elle a marqué, à même la table de bois, JE M'EXCUSE, jusqu'au moment où Casimir est sorti, les yeux clignotants, de son antre. Je lui ai demandé s'il avait encore, dans les archives, des photos de l'année dernière et notamment des photos de la classe de Laura. J'ai vu Fabienne, lisant en même temps sur le papier, tiquer nettement. Et j'ai rajouté, pour la calmer peut-être, que je cherchais des photos du professeur qui s'appelait Le Du. Casimir s'est souvenu qu'il l'avait photographié, mais avec une autre classe, des sixièmes. Il a cherché dans une grande armoire en fer où régnait un capharnaüm incroyable, photos et pellicules entassées, godasses de gym plantées dans des pots de confiture entamés, balles dégueulasses de tennis, négatifs en vrac, et des tas de produits, en bouteilles, en sachets, en boîtes.

Il a ressorti un tirage un peu écorné et me l'a tendu.

Mon agresseur était au milieu d'une bande de bambins concentrés sur le petit oiseau qui devait sortir au même moment, sauf les trois ou quatre déconneurs de service, têtes tournées dans l'autre sens, bougeant tellement qu'ils en étaient complètement flous.

Ça m'a fait drôle de voir ce type dangereux au milieu de toutes ces têtes d'innocents, comme si tous ces gosses avaient pu être des victimes potentielles.

Je ne savais pas s'il avait un rapport avec la

mort de Laura, mais je savais que ce mec, il fallait que je me le tape, ça j'en étais sûr.

J'ai écrit sur un papier, cette fois en me cachant ouvertement de Fabienne, qu'il me fallait à tout prix l'adresse de ce type, que je savais qu'il avait été muté dans un lycée de Rennes et qu'à l'administration, ils devraient bien savoir où. Casimir a hésité, a senti ma tension, a mis Fabienne au boulot, c'est elle qui est entrée alors dans la chambre noire, et l'animateur m'a dit de le suivre.

Il m'a guidé jusqu'aux bureaux de l'administration, moquette et plantes vertes faméliques, dans un petit immeuble à part, a disparu derrière la porte du secrétariat du chef d'établissement et est revenu, dix minutes après, avec une adresse, celle du lycée Botherel. J'ai serré chaleureusement la main de Casimir en lui demandant un dernier service, celui de m'amener au bureau où travaille Françoise Meyer. Il m'a regardé avec un petit coup d'œil égrillard et m'a fait signe de le suivre.

On a croisé Fabienne dans le couloir, elle m'a serré la main, comme pour me dire au revoir, à l'intérieur de sa paume, il y avait un petit billet, comme si c'était un rendez-vous galant.

Françoise n'a fait aucune difficulté pour passer, de lycée à lycée, un coup de téléphone du genre administratif pour obtenir l'adresse de Le Du, apparemment pour des problèmes de papiers de retraite.

Le Du avait démissionné au mois de novembre et avait quitté le lycée Botherel, l'Éducation nationale et aussi la ville de Rennes puisque l'adresse qu'il avait donnée pour faire suivre ses papiers administratifs était à Paris, dans le quatrième arrondissement, rue Saint-Paul.

Retour à la case départ.

Françoise était verte. Malade vraiment. Même les grains de rousseur, sur son visage, étaient d'une pâleur quasi évanescente. Je sentais très fort les effluves un peu doucereux d'une détresse incommensurable, celle de l'abandon, une odeur d'orphelin que je connaissais un peu, cette odeur du temps perdu à jamais, comme une fragrance de l'échec, pas loin d'une puanteur. J'ai eu l'envie de la prendre dans mes bras pour tenter de lui dire, tout va bien, ce n'est pas grave, les maux d'amour se diluent toujours dans des mots de haine. Mais un sourd-muet ne peut plus parler doucement dans l'oreille de quelqu'un, il ne peut plus calmer sa voix, ou la casser, pour y mettre de l'émotion, au moins autant d'émotion qu'il faut pour dire à l'autre ce n'est que de l'émotion et pas de l'amour, vas-y, laisse-toi aller, pleure sur moi comme sur un père.

Je lui ai simplement écrit, à la va-vite, sur une feuille de présence posée en travers de son bureau, un petit poème dont je me souvenais :

CE QUI SIFFLE N'EST PAS LE VENT
C'EST LA DÉPRIME ET LE DÉSESPOIR

DOUX COMME DES SPINNAKERS GONFLÉS
ET MAGNIFIQUES
DÉRISOIRES
VISIBLES DE LOIN
AVEC LE NOM DU BATEAU ÉCRIT DESSUS :
FRANÇOISE

Je n'avais changé que le prénom final.

Elle m'a regardé, m'a ausculté presque. C'était comme si le turquoise de ses yeux recolorait petit à petit tout son visage.

Je suis sorti du petit bureau au moment où une troupe d'élèves tonitruants déboulaient, cartables en bandoulière, joviaux, le genre à demander la permission, puisque le prof n'est pas encore arrivé, de s'échapper en vitesse.

Dehors, sur le trottoir face au Mickey-Bar, j'ai lu le petit mot de Fabienne.

Excusez-moi pour tout, ça me servirat de leçon. Je suis sûre qu'on ne trouverat jamais qui a assassiné ma grande sœur. Vous avez beau chercher, la ville est trop grande, tiens hier j'ai faillit me faire violer.

La seule chose que j'aurais pu vous donner, c'est le journal de Laura que j'ai brûlé. Je l'ai lu, rien d'interessant pour vous, même si j'ai découvert un peu d'elle. C'étaient toutes ces histoires d'amour et ça doit rester secret. Tout le monde le savait, d'ailleurs, et les détails n'interessent personne. Il y avait plein de feuilles arrachées, c'est dire… En fait, au Lycée, tout le monde est assez heureux et quant on réfléchit un peu, on se rend conte que on est des privilégiés, par rapport à des autres écoles. C'est pas dans tout ce bonheur relatif que ce cache un assassin. À la maison, on a tout jeté ou donné des affaires de Laura. Il ne reste plus que nos souvenirs et quelques photos.

Adieu.

Rosario est sorti en trombe du Mickey. Sur sa belle tête de Calabrais banlieusard, un peu de panique ombrait le sempiternel narquois.

En plein vent, il a gratté quelques mots au dos d'un *Libé*.

ANNE GADOT A DISPARU. PAS CHEZ ELLE. PAS AU BAHUT, ÇA FAIT TROIS JOURS.

J'ai réfléchi un moment pour me décider à mettre quelqu'un dans la combine. Il m'avait aidé depuis le début et si je pouvais compter au moins sur quelqu'un, c'était lui.

PANIQUE PAS, ON ARRIVE AU BOUT, PEUT-ÊTRE.

PAS DE VAGUES, FAIS COMME SI ON ARRÊTAIT TOUT.

RACONTE À CEUX QUE ÇA INTÉRESSE QUE J'ABANDONNE.

C'EST MOI QUI TE CONTACTERAI.

RESTE DANS LES PARAGES.

Il m'a regardé comme si le pape venait de lui

dire qu'il avait lu les œuvres complètes de Maurice Thorez. Et puis il a souri quand il a compris que j'avais une idée derrière la tête et que tous ces trucs à la Vengeur Masqué allaient déboucher sur quelque chose.

Il est reparti vers le Mickey, roulant presque des épaules et moi je suis parti vers les jardins.

J'étais sûr qu'il n'y avait qu'une piste, celle de Le Du, sans son cassage de gueule maison, je n'aurais rien trouvé, je pédalerais encore dans la cruchade. Bien que mon agresseur ait pensé le contraire. Il y avait quelque chose à trouver, à voir, à comprendre que j'aurais dû voir, trouver, comprendre. Mais j'avais beau réfléchir, j'étais passé à côté. Cela dit, cette piste, elle était là, et il fallait faire bien attention de ne pas la brouiller en la remontant. Et il fallait ne rien laisser derrière moi. La terre brûlée. Bien que, cette expression, je la haïssais pour ce qu'elle voulait dire. Foutre le feu à la terre, horreur inconséquente. Il me fallait néanmoins détruire toutes les lettres, toutes ces petites délations, confessions, ces apartés qui n'apporteraient rien, sinon, à leurs auteurs, quelques emmerdes avec l'Autorité si elles tombaient dans ses grosses mains poilues.

Alors j'ai pris une décision assez difficile à avaler pour un vieil anar comme moi.

J'ai déterré le paquet de plastique noir où il était rangé mon petit trésor et j'ai trié, dans les confessions, celles qui ne voulaient rien dire, ou qui n'apportaient rien, ou bien qui ne donnaient pas d'image négative de son auteur ou de Laura.

J'ai brûlé les autres dans un petit brasero, celui sur lequel je fais chauffer le café, les soirs d'hiver.

Mon travail de détective amateur s'arrêtait là. J'en étais soulagé, j'aimais de moins en moins ce truc de fouille-merde qui me rapprochait peu ou prou de la flicaille.

Et j'ai décidé d'apporter le reste au commissaire Gaillet. Non pas pour lui rendre service, à ce gros tas, mais pour, de ce côté-là aussi, arrêter l'inertie d'un volant qui continuait de tourner tout seul, pour arrêter des poursuites éventuelles, pour tenter de donner le change. Avec ce que j'avais à faire, il ne fallait pas encore m'en faire un ennemi, du grand sachem poulaga, on ne savait jamais quelle trajectoire pouvait emprunter un retour de bâton.

En bas des marches du commissariat central d'Itry, j'ai encore hésité à entrer. Ce genre d'endroit, c'était bien la première fois que j'y pénétrais de moi-même, de mon plein gré. Tu vieillis Enric, je me suis dit, tu baisses.

Le planton, derrière son comptoir jauni, sous sa casquette empêchant toute idée de sortir, a appelé le commissaire au téléphone et m'a signifié, à l'aide d'une belle et expressive mimique du genre théâtre de rue, d'attendre sur le banc, plus loin.

Gaillet est arrivé plus vite que j'aurais cru et,

sans un mot, m'a pris le bras, m'entraînant dehors. Je lui ai donné mes feuilles, comme si je faisais, tête basse, mon rapport d'indic, il a jeté un coup d'œil dessus, a haussé les épaules, et m'a conduit manu flicardi vers sa bagnole de fonction.

On a roulé un bon moment, sans pouvoir entamer une conversation. Il paraissait sombre, conduisait nerveusement, ne me regardait même pas. J'avoue que je commençais à avoir un peu la trouille, j'ai même pensé à un truc du genre Escadron de la Mort, il m'amenait dans un endroit désert pour me faire la peau sans jugement ni sommation. Il a traversé tout le Petit-Itry, longé les immenses centres commerciaux, et s'est arrêté enfin pas loin du pont suspendu, sur un ancien chemin de halage, flanqué d'entrepôts un peu zone.

La Seine était juste en dessous, glauque, sale, plus vraiment fluide, comme un peu pâteuse.

Il l'observait sans ciller, perdu dans ses pensées, allumant par deux fois une cigarette, dont l'une du côté du filtre. Puis m'a fixé, s'est retourné et a pris sur le siège arrière un gros calepin.

On a débuté ainsi un intense cadavre exquis, des phrases alignées les unes à la suite des autres, avec ce plaisir d'écrire que je sentais naître en lui, peut-être qu'il pensait qu'il aurait mieux valu qu'il fût écrivain que cogne, les fautes d'orthographe en moins.

— Quand j'étais petit, je me baignais là. Tout ça, c'est comme mon boulot, avant c'était clair et limpide. Maintenant c'est un fleuve d'étrons en tous genres.

— Quand on choisit d'être du côté du manche, c'est normal, pour les échardes, après…

— Jovillar, tu ne me fais pas rire. Tu es un imbécile. Un dangereux con. En plus tu te substitues à la justice. C'est grave, en république.

— J'ai essayé de trouver tout seul ce que vous avez été incapables de trouver. C'est raté.

— Tu t'es cru fortiche, mais tu n'es qu'une merde, Jovillar.

Même à travers la dernière insulte, je l'ai senti contrarié, j'ai presque réalisé qu'il pouvait, à ce moment-là, être presque de mon côté. J'étais rassuré tout à coup, quelque chose était en train de se passer. S'il m'avait dit ça, là-haut, au Château Poulaga, en tête à tête avec une matraque, ça n'aurait pas voulu dire la même chose. Mais là, c'était presque de l'ordre de la confession. Je n'avais plus qu'à attendre.

Ce que j'ai fait. Il a allumé une troisième cigarette. J'ai baissé la vitre, ça commençait à ressembler, à l'intérieur de la R 20, au bureau d'études de la SEITA.

— En plus, ça a servi à rien.

Je n'ai rien répondu, il s'était rejeté dans la lecture des confessions que je lui avais données. Je le voyais grommeler, ses lèvres bougeaient en cadence, et faisaient, de temps en temps, d'invisibles bulles. Et puis, lui aussi a baissé sa vitre, et a foutu le feu aux feuilles avec son briquet. Puis il a laissé tomber les papiers en torche sur le peu d'herbe pelée qui s'asphyxiait près du fleuve. Il s'est remis à écrire.

— Tu vas te faire tout petit, Jovillar. Je ne crois pas que tu aies quelque chose à voir avec la mort de la petite, tout ça, avant, c'était de l'ordre disons de la tactique. Mais tu vas te faire tout petit quand même.

— Encore une ordonnance ?

— Nous sommes dessaisis de l'affaire. C'est une brigade qui en hérite. Interdiction de se mêler de ça.

— Le rôdeur fou monte en grade.

— T'y es pas, pauvre con ! Ça veut dire que ça concerne quelque chose qui dépasse les attributions d'un commissaire de banlieue. Ou bien ça veut dire tout simplement qu'on veut étouffer. Comme d'habitude. Comment ils savent ça, mystère. En tout cas, je m'écrase. J'ai pas envie d'être muté honorifique à Mantes-la-Jolie.

Assis côte à côte, on regardait bêtement la rive en face, une autoroute parcellée de caisses de métal glissant dans tous les sens. Et la Centrale thermique, pas loin. J'ai pensé qu'il y avait quand même à moins d'un kilomètre, mon jardin, qui me paraissait être une sorte de Galapagos dans tout cet univers gris muraille. J'ai pensé aussi qu'il fallait la jouer fine. Gaillet ne m'avait pas emmené dans tout ce bucolique pour uniquement me donner le conseil de m'écraser, conseil qu'il me donnait, d'une façon plus musclée et moins littéraire, depuis qu'on avait fait connaissance. Je me suis jeté à l'eau, en me disant que je risquais moins d'attraper le choléra qu'en me jetant réellement dans la flotte toute proche.

— Si vous me dites de me faire tout petit, c'est pour me dire que, quoi qu'il se passe, vous voulez être hors du coup.

— Tu l'as dit, bouffi. Si tu as trouvé quelque chose, je ne veux plus le savoir.

— Pourquoi vous pensez que j'ai trouvé quelque chose ?

— Parce que t'es là. T'es à la pêche. Un anar comme toi ne fait jamais le premier pas. Il va pas voir les flics.

— Vous pourriez me forcer à vous révéler ce que je sais, si je sais quelque chose.

— Pour quoi faire ? Mettre les pieds dans un truc où justement on ne veut plus que je les y mette ?

— C'est beau l'obéissance.

— Va te faire mettre Jovillar. En tout cas, t'es mal barré, si tu continues à jouer au con. Les Cow-boys ne savent pas grand-chose sur toi, mais ils vont vite rattraper leur retard, surtout si on les a mis sur le coup à cause de toi. Ce qui me paraît une des seules raisons de tout ce bordel. C'est soit une histoire de fric, beaucoup de fric, soit un truc politique.

Ou les deux.

— Laura mêlée à un truc comme ça ?

— Je ne veux pas le savoir. Je le saurai quand tu t'en prendras plein la gueule. Et ça sera bien fait.

Je n'ai eu que le temps de lire sa dernière tirade, qu'il m'arrachait le cahier des mains, en déchirait les trois ou quatre pages noircies de nos saintes écritures, qu'il y foutait immédiatement le feu, et qu'il m'ouvrait la portière pour me signifier que l'entretien était terminé et que je pouvais me démerder pour rentrer à pied.

Mais ce n'était pas tout à fait ça. Comme dans un bon western, quand les deux vachers sortent du saloon pour aller se taper sur la gueule dans le corral, il est sorti lui aussi, il a enlevé sa veste et, de son doigt sur la poussière du capot de la bagnole, il a marqué :

TU M'AS INSULTÉ.

Bon, normal. Un flic qui se sent insulté par un anarchiste, c'est humain. J'ai tombé la veste moi aussi, en regardant si quelqu'un pouvait nous voir. Personne, que des bagnoles filant, plus loin.

J'allais prendre une autre dégelée, en cadeau d'adieu.

C'était mieux que n'importe quelle inculpation.

Il m'a regardé, levant naïvement les poings comme un boxeur malhabile. Ça devenait grotesque.

Et puis il a soupiré, a remis sa veste et a réintégré sa caisse.

Encore une fois, je devais faire plus peur que prévu.

J'ai regardé la R 20 cahoter sur la caillasse, virer dans une petite pente goudronnée et reprendre, plus haut, l'avenue. En tout cas, j'avais un satisfecit, une perme, comme un passeport. J'avais déjà vécu cette impression très nette, quand j'avais été naturalisé français.

*

Les patates, ça pousse. Il va falloir que je sorte les sacs de toile du cabanon et que je les lave soigneusement.

Les petits bouquets de feuilles vertes bien lustrées, bien alignées sur leur monticule de terre m'ont presque fait sourire, ont presque ralenti les battements d'angoisse qui résonnent en moi en permanence.

Ce matin, la gaufrette disait : « le vent se lève ».

Va savoir comment prendre ça.

Le vent s'est déjà levé, un fort mistral intérieur. « Autan » en emporte le vent, comme on dit à Toulouse. J'avais déjà, intérieurement, comme hissé la grand-voile, et, les pieds plantés dans la terre, enjambant les rangs de pomme de terre, je me sentais prendre de la vitesse, vent arrière, mouvement irrépressible, j'étais immobilement emporté.

Le Village Saint-Paul, c'est un truc de riches, un gros pâté de maisons tapies derrière la rue Saint-Antoine, avec plein de petites cours intérieures, avec des arbres, des fleurs, des boutiques pleines d'objets à la limite du mauvais goût et à des prix tellement astronomiques qu'ils mettent directement le larfeuille sur orbite. L'adresse de Le Du correspondait à une des moins reluisantes du coin, une échoppe proposant des cartes postales de collection, avec plein de vieux journaux et de carcasses de Dinky Toys, disposés, dans la vitrine douteuse, sur des planches de bois, étagères de fortune. Ce petit commerce faisait plus couverture qu'autre chose. Pour l'instant personne, le rideau un peu mité était tiré devant la porte et un merveilleux chat gris clair regardait à travers la vitrine.

Dans la cour intérieure du Village, il y avait un petit square avec un seul banc, un seul arbre, et un seul muret ceinturant le tout. Cette placette, je la connais par cœur, alors que c'est la première fois que j'y fous les pieds. Parce que ça fait deux heures que j'y suis, assis sur le banc, matant la porte close du petit magasin et les promeneurs déambulant, genre bourgeois désœuvrés en quête de l'horreur qu'il vont pouvoir amener dans la résidence du Val de Chevreuse.

Dans ma poche, mon sécateur préféré, le Wolf.

Il ne s'agissait plus de me bagarrer avec le tatoué, mais de lui foutre la trouille et de tout faire pour qu'il cause un peu. Et je savais comment, j'avais appris ça dans ma longue jeunesse, il fallait un peu de bousculade, de méthode, plus un zeste de persuasion.

Je n'avais pas pris le flingue, tant que je ne savais pas où je mettais les pieds, il resterait au frais dans son bidon.

Un béret bien enfoncé sur ma tête et des lunettes noires. Dans ma poche, aussi, une carte postale, apparemment très rare, que j'avais achetée cent balles chez un de ses confrères de la rue de Turenne. Et quelques papiers écrits à l'avance, pour entamer la conversation…

Je l'ai vu arriver, il était pas loin de midi, j'étais complètement ankylosé, il a posé par terre une grosse boîte de carton pour ouvrir son magasin. Mes mains se sont mises à trembler un peu, mais je me suis calmé en respirant fort et me persuadant que, dans ma jeunesse, si on me cassait la gueule, jamais je n'avais laissé cet acte sans suite. Quitte, c'était arrivé deux ou trois fois, à me refaire péter la tronche. Je l'ai laissé ouvrir sa boutique et s'installer.

Assis sur le petit banc, j'ai refait un dernier point, pour évacuer toute hésitation. Le Du était ma dernière piste. Et puis on ne casse pas la figure à un vieux pour rien. On n'abandonne pas un poste de prof pour tenir une boutique aussi minable que ça. Et il y a une jeune fille morte, pas loin, dans les limbes.

Je me suis levé, autour de moi les façades ravalées de peu clinquaient de blanc. Quelques géraniums bavaient aux fenêtres. J'ai respiré une fois de plus profondément, et je me suis avancé, *breiz atao*, vers ce cher Le Du.

Il était derrière une sorte de haut comptoir en bois, en train de ranger des cartes postales dans des tiroirs de carton bardés d'étiquettes. Il m'a jeté un coup d'œil, je l'ai salué d'un hochement de tête, ça m'a fait tout drôle de revoir cet homme sans foi. Mais il ne m'a pas reconnu, le béret supprimait la moitié de mon visage, pour lui je devais être encore le fondu qui cherche la vieille carte de Vierzon, celle où l'on voit passer le train au milieu de la ville.

J'ai posé ma rareté sur le comptoir face à lui. Au moment où il allait la prendre pour mieux la regarder, je lui ai bloqué le poignet droit de ma main gauche et, tirant vers moi, j'ai eu le temps de lui glisser le pouce entre les deux lames ouvertes du sécateur. Il m'a regardé d'un œil ahuri. Dans cette position, il ne pouvait rien faire. Du moins, il pouvait tout faire, mais avec un pouce en moins.

Il a tenté de se reculer, de retirer son bras et sa main, j'ai forcé un peu sur le sécateur et il s'est alors calmé tout d'un coup. Il s'est mis à sourire, étrangement, j'ai senti qu'il n'était pas du tout impressionné, que son esprit marchait à vitesse maximum pour savoir comment s'en sortir.

J'ai alors sorti, de ma main gauche, mes petits papiers, les ai posés sur le comptoir, les ai triés et lui ai montré le premier :

C'EST UN SÉCATEUR WOLF, LAMES PIVOTANTES, ÇA TRANCHE NET DES BRANCHES DE POMMIER DE 5 CM DE DIAMÈTRE.

Il m'a longuement fixé, je ne savais pas s'il me reconnaissait, mais il ne bougeait absolument pas, il regardait simplement son pouce enserré, juste en dessous de la phalange, et jetait de rapides coups d'œil dehors pour voir si quelqu'un s'approchait, un sauveur d'abattis possible, un gong vivant.

Le coup de sécateur, nous l'avions déjà pratiqué, il y a longtemps, ça impressionne plus que le couteau ou la lame, peut-être qu'il y a un rapport entre la branche et le doigt, le côté cassant, le cliquetis de l'appareil en plus, je ne sais pas.

Mais, il faut être réaliste. Ce ne sera pas cette menace qui en fera une carpette vivante.

Alors, j'ai fait le vide en moi, ai serré les dents, et, de toutes mes forces, je lui ai tranché net le pouce.

Pendant la demi-seconde où, incrédule, avant même l'arrivée de la douleur, il a regardé ce petit bout de lui-même tomber sur le comptoir, avec le sang qui giclait par petites saccades, je l'ai giflé et pris son index entre les deux lames.

Il a hurlé, j'ai vu sa bouche crispée, à moitié ouverte et sa peau subitement toute blanche.

J'ai isolé un autre papier.

VITE.

Et un autre.

POURQUOI ? QUI ?

J'ai en même temps sorti un stylo bille que j'ai claqué sur le comptoir. Le type a essayé de retirer sa main, j'ai serré les deux tiges du sécateur. Il a grimacé, il a peut-être encore crié ou gémi, je ne saurai jamais.

Mais il a fait un effort surhumain, sa main tremblait et il a réussi à écrire, à même le comptoir : IL FALLAIT VOUS FAIRE PEUR.

Je lui ai mis sous les yeux mon avant-dernier billet doux, la liste des profs de Laura, sur deux années.

Il a regardé la liste, a réfléchi, a fait non de la tête.

Pâle comme un mort. Si ça continuait comme ça, on allait s'évanouir tous les deux.

J'ai fait mine de tailler net son index en forçant sur les poignets du sécateur.

Tout son corps s'est révulsé, j'ai senti en lui tout un frisson général, un refus du bruit qui allait suivre, de cette sensation d'abord de ne rien sentir, cette anesthésie de la douleur qui est presque pire que la douleur elle-même. J'ai soupiré, comme si je rechignais à passer à l'acte, mais fallait bien.

Il a entouré, sur la liste, deux noms.

Fray, Vuelle.

J'ai presque hurlé à l'intérieur. Ça y était, je tenais le truc. Le pourquoi du comment, je savais que je ne le saurais pas aujourd'hui, je n'avais pas les moyens d'interroger efficacement un type, je ne pouvais ni parler, ni écouter. Mais j'étais venu pour savoir une chose, savoir si j'étais sur le droit chemin, si j'étais à deux doigts, si j'ose dire, d'une quelconque vérité. Et là, je savais que Le Du ne mentait pas, ça se sentait, je vibrais en même temps que lui.

Il s'est mis à griffonner sur le papier qui baignait déjà dans le sang. Sa main droite tremblait tellement qu'on aurait dit une écriture de gosse, ou de vieux.

LAURA C'EST PAS MOI.

Ce n'était pas moi qui avait parlé de Laura. C'est lui. Il n'avait, devant les yeux, qu'une liste de noms de profs. Il lâchait tout, pas encore l'assassin, mais ça y était, il abandonnait un truc un peu lourd pour lui. Ça me suffisait, j'étais prêt à le croire.

J'ai remis le papier avec le « Qui ? » marqué dessus.

Il respirait de plus en plus vite. Il allait s'évanouir ou un truc comme ça. Il a grogné, est devenu tout blanc, comme s'il se vidait par le haut.

Et puis il est tombé comme une masse. J'ai eu juste le temps de desserrer les lames du sécateur.

Je l'ai bien allongé par terre, mis la tête bien à plat, et j'ai plaqué un chiffon, qui traînait, contre son pouce sectionné.

J'ai pris les stylos bille et j'ai écrit sur le dos d'une carte postale :

SI JE VOUS AI TROUVÉ, C'EST GRÂCE À UN *EFFICACE* RÉSEAU DE RELATIONS. ALORS AUCUN MOT. RIEN. JE N'EXISTE PAS.

Je suis sorti à reculons, j'ai laissé la porte du magasin grande ouverte et j'ai gagné, marchant presque en crabe, la rue Saint-Paul. J'ai presque couru jusqu'au métro Sully-Morland, le feu à la tête, il y avait un cirque, près de l'embouchure, sur un terre-plein, face à l'Arsenal. Le fils de Zavatta. Je ne savais plus de qui j'étais le fils, moi, j'avais peu à peu oublié la tête qu'ils pouvaient avoir, mes pauvres parents, je ne me souviens que d'une qualité d'énervement qui émanait d'eux, ils avaient été suffisamment damnés pour laisser leurs enfants en montagne et pour aller se faire trucider pour l'avenir radieux et socialiste de l'Espagne républicaine.

Je ne savais pas encore ce que j'avais soulevé, mais il fallait faire très attention. Ou bien Le Du s'était déjà jeté sur le téléphone, prévenant tout le monde, ou bien il se tairait attendant de voir ce qui allait se passer. Ça, je n'y croyais pas trop, bien qu'il ait bavé sur ses copains. Il avait paré au plus pressé, c'est-à-dire échapper au sécateur. Ou bien il était en train de se vider tranquillement de tout son sang…

En attendant, moi, je devais faire très attention. Dans une heure, le danger serait partout, entier, permanent, ça j'en étais sûr.

Assis sur le palier, en face de la porte de mon appartement, Rosario m'attendait, d'après lui, depuis au moins deux heures. Il m'avait cherché toute la journée et avait fait le parcours Mickey, jardin, rue de l'Insurrection depuis le matin, dans tous les sens. Il m'a tendu un petit mot qu'il avait reçu la veille au soir. C'était une petite lettre d'Anne Gadot.

Mon cœur s'est mis à cavaler dans ma poitrine comme un chat fou.

Roro,

Me cherche pas, je reviendrai bientôt.

Théoriquement, je suis chez une amie en train de plancher le bac. Si tu m'aimes un peu, va dire au vieux sourdingue d'arrêter complètement *de fouiner et de* se barrer. *S'il refuse, éloigne-toi de lui* absolument.

Anne.

Rosario, paniqué, m'a arraché la lettre des mains et a marqué dessus : ARRÊTE TOUT. Je n'ai pas eu le cœur de lui demander s'il avait peur pour moi, ou bien s'il voulait qu'Anne, sa chérie, revienne, s'il craignait pour ma santé ou s'il me considérait déjà comme une entrave à son histoire possible avec la petite Gadot...

Je l'ai fait entrer chez moi, je l'ai assis presque de force sur une chaise près de la table et je lui ai mis une boîte de bière dans les mains. Je lui ai signifié d'attendre un peu, j'avais des trucs à lui dire, il était nerveux comme un cercopithèque, prêt à enfoncer ses ongles partout.

Je me suis assis en face de lui.

J'ARRÊTE... ÇA MARCHAIT, AVEC ELLE ? j'ai écrit.

Il a haussé un peu les épaules, méfiant, le genre ça ne te regarde pas.

DÉCONNE PAS ROSARIO, C'EST SÉRIEUX.

Avec la main, il m'a alors signifié que c'était couci, couça, pas dans la poche, difficile, à moitié, je ne sais pas trop.

TU SAIS QUELQUE CHOSE.

Il n'a pas bougé. Je n'avais pas mis de point d'interrogation exprès, ça pouvait comme cela être une question ou une affirmation.

IL Y A UN AUTRE MEC, j'ai continué, même tactique.

Pas de réponse, Rosario restait figé, toujours nerveux, aussi malheureux que perplexe, j'ai pensé qu'en poursuivant sa dulcinée, il avait découvert un truc qui l'embêtait. Ce n'était peut-être qu'une simple histoire de jalousie, mais il y avait la lettre d'Anne qui compliquait tout. Il ne disait toujours rien, c'était éprouvant, j'avais, pour la première fois, l'impression d'avoir un sourd-muet devant moi.

UN ADULTE ?

UN PROF ? j'ai rajouté, ça ne pouvait être que ça...

Il a fait un léger mouvement de la tête. Ça y était, c'était sorti.

Qui ? J'ai continué.

Il s'est jeté comme un beau diable sur le papier, a écrit sauvagement quelques mots et s'est barré, complètement exaspéré. J'ai senti la porte claquer au moment où je lisais ce qu'il avait marqué, à grosses lettres sur la feuille.

JE NE SAIS PAS MERDE, SI JE SAVAIS QUI C'EST JE LE MASSACRE CET ENCULÉ.

Je n'étais pas avancé pour autant. Pour Rosario, c'était une histoire d'amour compliquée à laquelle il ne comprenait que dalle. Pour moi c'était relativement clair, Anne devait savoir des trucs sur Laura, que celle-ci avait dû lui dire, ou lui confier, j'étais en train de secouer le cocotier, et on allait s'occuper de moi. Anne devait être manipulée, je ne savais pas trop comment, ni pourquoi, ni par qui. Elle était, elle aussi, peut-être en danger, qui sait.

Rosario est reparti comme une fusée à la chasse à sa minette.

J'ai regardé mon appartement, ce pauvre trois-pièces banalisé, imprégné de trente ans de mes solitudes, il avait besoin d'un petit coup de jeunesse, d'un peu de drame et je le dévisageais comme un objet désormais étranger. J'ai pris la boîte en fer, la gaufrette du dessus disait « Assez de mensonges », je l'ai remise à la même place, j'ai refermé pensivement le couvercle, c'était fini toute cette divination à la con, mon avenir était prévisible, douleur, malheur, des idées bien modernes, bien actuelles… Et pourtant, par rapport à Beyrouth… à Bamako… ou à Soweto… Cet appartement, c'était la dernière fois que je le voyais, je le pressentais, encore une odeur orpheline, la puanteur bien caractéristique du départ, de l'abandon.

À toute vitesse, j'ai mis ma veste de toile marron, celle avec laquelle, l'hiver, je bêche, j'ai pris un bonnet de marin rayé blanc et bleu, et mes chaussures montantes de chasse, graissées à la baleine, celles avec lesquelles je marche le mieux. Je pourrais facilement passer, ainsi, pour un de ces marcheurs du troisième âge qui part se faire une virée exténuante de week-end dans la forêt de Fontainebleau.

J'ai mis dans ma poche un bas nylon, une arme redoutable, si l'on met un trousseau de clefs au fond. Dans les manifs, avant, on mettait des billes d'acier et on avait ainsi une sorte de matraque molle et tourbillonnante qui impressionnait gravement l'adversaire.

J'ai pris mes papiers, mon chéquier, du fric de réserve.

Quand j'ai fait claquer la porte derrière moi, le pêne était comme un couperet.

*

Trois jours et trois nuits, je me suis terré dans les jardins. Le jour, j'étais calme, assez détendu, certes sur le qui-vive, mais il y avait du monde qui s'activait dans les potagers, c'était le moment d'en mettre un sérieux coup, les légumes n'attendent pas. Ma parcelle était impeccable, bien rangée, bien verte et fleurie, tout poussait correctement, j'étais content, même Marcelle avait l'air admirative. Je lui ai demandé de ranger temporairement un peu de mon bordel dans le cabanon à côté du sien, celui de Charles, pendant une quinzaine de jours seulement, je n'avais pas beaucoup de place, prétextant qu'à cause de l'enquête, les flics m'avaient demandé de ne rien toucher dans le mien et celui de Toto. Elle a tiqué un peu, ce n'est pas dans le règlement, et tout ce qui dépassait du pépère bien huilé de tous les jours, en tant que responsable naturelle des jardins ouvriers du coin, la chagrinait, mais elle a accepté de fermer les yeux sur cette irrégularité. L'avantage, c'est que Marcelle ne dormait jamais là, son mari, il fallait bien qu'elle s'en occupe, le soir, voire qu'elle le ramène du bistrot à la maison, de la barrique à la baraque, donc elle ne pouvait pas deviner que, la nuit, j'étais dans le cabanon à côté du sien, les yeux grands ouverts dans l'obscurité, tentant de voir s'il y avait du mouvement, plus loin, du côté de mon terrain.

Et pendant deux nuits, je n'avais rien vu, deux nuits de veille éreintante, le revolver à portée de la main, j'avais l'impression d'être un navigateur solitaire, dormant parfois, assis près de l'ouverture servant de fenêtre, un cadre de tableau encastré dans un rectangle découpé à même le métal de la paroi, avec un rideau poussiéreux en travers, par tranche d'une demi-heure.

Par bonheur, il y avait un chèvrefeuille en fleur qui embaumait mes nuits sans sommeil.

Le matin, quand il y avait suffisamment de monde en train de bêcher, de ratisser et de biner, je tentais de rattraper le manque de sommeil.

J'étais rassuré que rien ne se soit pour l'instant passé, Le Du avait sans doute fait le mort, pansé ses plaies, ou pris de subites vacances en Bretagne, et en même temps j'étais emmerdé que tout puisse s'arrêter ainsi.

J'étais dans un état de rage calme. J'avais envie de me battre, je sentais que c'était obligatoire pour moi qu'il y ait une nécessaire violence, j'avais entamé aveuglément les hostilités, j'avais peu d'avance sur l'ennemi, je savais que tout me dépasserait très vite. J'étais comme un militant dans une manif. Un seul irresponsable peut faire dégénérer un rassemblement un peu vindicatif en bagarre générale, envol groupé de lacrymos, exactions policières et ballet bien réglé d'ambulances aux gyrophares en folie. Je n'avais plus mes gaufrettes, chaque matin, pour me conforter dans une idée. Curieusement, cette petite habitude un peu imbécile me manquait cruellement, je n'avais plus à me raccrocher à cette dérision, tout semblait devenir important, sérieux, vital.

Ils sont arrivés la troisième nuit, vers cinq heures du matin, l'heure où l'on s'enfonce volontairement dans le sommeil, l'heure où les vieux trouvent un peu de repos, après l'obligatoire insomnie. La bonne heure pour surprendre quelqu'un. La nuit était assez claire, il n'y avait pas de lune, mais pas de nuage non plus, et je distinguais bien les ombres, ils étaient deux, glisser dans deux allées, de chaque côté de mon cabanon. Le ciel, laiteux d'étoiles, éclairait suffisamment les lieux mais je n'ai pas reconnu les silhouettes. Ça pouvait être tout aussi bien des flics. Quoiqu'à cette heure-là…

J'ai serré convulsivement le pistolet, j'avais presque envie de tirer dans le tas, sans sommation, tellement j'étais à cran, épuisé, ruiné par l'angoisse de l'attente, bousillé par le vide autour de moi.

Les ombres se sont tassées autour de mon cabanon. Ils ne me cherchaient pas, ils étaient là pour autre chose. Ils ne bougeaient pas, l'une des ombres était agenouillée près de la porte. J'ai aperçu deux ou trois petits éclairs brefs, un briquet qu'on allume. Une petite lueur tremblotante, à moitié cachée par le rempart que faisaient les corps, dans l'ombre.

Bien sûr, j'ai réalisé qu'ils étaient tout simplement en train de foutre le feu au cabanon, ou quelque chose comme ça. Si je ne bougeais pas, la meilleure partie de moi-même partirait en fumée, c'en était fini de mon jardin, personne, ici, ne me pardonnerait ce qu'ils prendraient pour une négligence.

Je suis sorti de ma cachette, me suis approché doucement. Ça craquait un peu sous les pieds, je devais être en train d'écraser les salades de Marcelle. Tant pis. Mon pied a heurté un objet plus dur, je me suis penché, un pot de fleur.

Je l'ai pris et je l'ai lancé de toutes mes forces dans leur direction, en me mettant à genoux, pistolet pointé vers eux. Le pot en terre s'est écrasé contre le cabanon, au-dessus de leurs têtes. Tout s'est passé en une seconde à peine, l'un a fait un bond en arrière, et une lueur blanche a illuminé tout mon petit jardin, ce qui devait être un cocktail Molotov venait d'exploser, j'ai quand même vu une des ombres s'enfuir, puis tomber tout à coup au beau milieu des tomates du père Laurent et se relever pour recourir dans l'obscurité, plus loin, mais j'ai surtout vu l'autre, un bras en feu, se jeter sur un des bidons, pour y tremper sa manche transformée en torche, mais le pétrole s'est renflammé, les cheveux ont pris feu, par flammèches grésillantes. Il s'est jeté par terre, je suis arrivé sur lui, il venait d'éteindre les flammes, mais ses lèvres s'agitaient, il devait geindre, les mains devant les yeux. Le noir de fumée lui recouvrait tout le haut du visage, ses cheveux étaient comme troués de plaques brunes, je l'ai reconnu malgré ses blessures, le jeune type qui était venu chez moi, avec Le Du, me faire la leçon.

Je l'ai laissé là et je suis parti dans le noir, à la poursuite de l'autre agresseur.

J'ai entendu une voiture démarrer, dans la rue, un peu plus loin.

J'étais à peine arrivé au bout de l'avenue, celle qui borde les jardins, que je me suis retourné pour ausculter la nuit, sonder la pénombre, pressentant quelque chose. J'ai cru voir des éclairs bleus et intermittents, loin. Ça pouvait être aussi des phares de bagnole, sur le périphérique.

À l'horizon, derrière les cheminées de la Centrale thermique, un peu de pâle adoucissait déjà les ombres.

J'ai retraversé Itry à pied, allant vers le lycée.

C'était un samedi, je savais qu'il n'y avait de cours que le matin, et il me fallait absolument coincer Fray ou Vuelle, avant que les nouvelles arrivent, avant que les pépés du jardin n'avertissent les autorités, avant que, et je ne savais toujours pas pourquoi, mais il le fallait.

Sinon avoir l'adresse de Fray et de Vuelle auprès de Françoise. En tout cas retourner au bahut, faire attention, la destruction de mon jardin me désignait. Je n'avais qu'une heure ou deux d'avance.

J'ai pensé à mes patates. C'était foutu et ça me faisait mal au cœur de les imaginer aplaties par un type à moitié en feu gesticulant par terre. C'était idiot, mais mes Belle de Fontenay valaient bien ces salauds qui avaient essayé de leur foutre le feu.

Je suis arrivé au Mickey vers les six heures et demie, Marie-Louise venait de lever le rideau de fer et s'acharnait sur les poubelles à roulettes qu'elle traînait dehors. Son mari, pomponné de frais, était déjà sur le départ, prêt à rejoindre son camion.

Je l'ai laissé s'éloigner et puis je suis entré dans le bistrot qui sentait déjà le café réchauffé. Marie-Louise a sursauté en me voyant, elle a écrit sur un bout de journal, C'EST PAS UN LIT, C'EST UN SIÈGE ÉJECTABLE et elle m'a emmenée dans sa cuisine. Dans la glace, au-dessus de l'évier, j'ai vu mes yeux un peu rouges, un peu gonflés.

Je me suis assis devant la petite table encombrée de vaisselle sale, elle m'a servi un café, frais celui-là, m'écrivant sur le même journal, FAUT PRENDRE DES SOMNIFÈRES.

Je lui ai dit oui de la tête et je me suis mis à trembler, elle a eu l'air inquiète, je l'ai rassurée d'un geste, j'ai mis ma tête sur mes bras, comme si je voulais dormir. Mais j'étais tremblant de rage, j'avais envie d'en finir.

C'était désormais, à la vie, à la mort, mon histoire et non plus celle de Laura. On voulait que je m'en aille. L'Histoire recommençait. Jamais deux sans trois, aurait pu me dire une ultime gaufrette, à ce moment-là.

Je suis resté dans la cuisine, près de la petite fenêtre à travers laquelle je pouvais surveiller toutes les allées et venues.

J'ai vu ainsi la vie reprendre autour du grand bâtiment en face. J'ai vu une agitation particulière, pas vraiment celle des jours normaux. J'ai vu Françoise Meyer garer sa 403. J'ai vu Pépère sortir les grandes poubelles grises et balayer la petite pente goudronnée montant au bahut. J'ai vu des élèves et des adultes arriver par petits groupes, tous plus nonchalants et détendus que d'habitude.

Je n'ai pas vu de flics.

J'ai eu le temps de repenser à tout ça, sans trouver une quelconque raison à tout ce gâchis. On avait tué Laura, j'avais innocemment tenté de savoir qui avait pu faire ça, et maintenant on voulait en finir avec moi, et qui ? des profs, des anciens profs, de ceux qui passent pour les plus ouverts, qui pourtant avaient fait semblant de m'aider, qui m'avaient parlé… Va comprendre quoi que ce soit.

À dix heures, les portes du lycée étaient grandes ouvertes, et il y avait plein de gens qui entraient et qui sortaient, sans raison évidente, des adultes, des parents surtout, accompagnés de leur progéniture sans cartable. J'ai pensé à Nouvier, une journée formation, carrefour des emplois, ou une connerie du même tonneau. J'ai quand même remarqué une sorte de piquet, à l'entrée, des élèves et un prof en survêtement, qui faisaient le triage et semblaient vendre des billets, une vraie boîte de nuit. Quand je suis sorti de la cuisine de Marie-Louise, Zaïr, tendu, jouait au flipper.

Je lui ai écrit en vitesse de se démerder pour me faire trouver Fray ou Vuelle. Il m'a répondu IMPOSSIBLE, S'EST LA FÊTE DU LYCÉE, SI ILS SONT LÀ, FAUDRA LES TROUVER DANS LE TAS DE CONS QUI FONT LES PITRES.

C'est alors que j'ai remarqué la petite camionnette garée pas loin de l'entrée du bas, avec le Démon qui s'escrimait à sortir de gros haut-parleurs par la porte latérale.

J'ai traversé la rue et, lui souriant, je lui ai fait comprendre que j'allais l'aider. Suant, soulagé, il m'a montré le matériel à monter au bahut, deux gros baffles noirs, un ampli, et ses deux saxophones, l'un en métal argenté, l'autre doré sur tranche.

C'est comme ça que je suis entré dans le lycée, le sourd qui transporte du matériel sonore, la vraie parabole qui tue. Les haut-parleurs pesaient un âne mort et c'est complètement vidés que nous sommes arrivés dans le hall pour les disposer à côté du matériel imposant déjà entreposé par le groupe de rock local.

Il y avait beaucoup de monde et d'agitation, tout le premier étage du lycée était sonorisé comme pour une kermesse, et les couloirs étaient décorés de panneaux muraux surchargés de dessins, peintures, poèmes, affiches détournées, encombrés de stands, à peu près les mêmes que pour la fête du lycée technique, en plus riches peut-être, plus conséquents, plus chatoyants, Casimir devait y être pour quelque chose. J'ai foncé à la salle de Ciné-Club. Les salles de classe, sur le chemin, étaient toutes ouvertes, il y avait de la vidéo, une exposition photo. Au fond, dans la petite salle de l'animateur, régnait une confusion bon enfant, des élèves étaient déguisés, certains façon film d'horreur, d'autre en princes Renaissance de banlieue. L'appareil de projection tournait, la salle était pleine, j'ai vu une affiche de *8 1/2* de Fellini, Casimir, plus ébouriffé que jamais, s'agitait ferme. J'ai ramassé quelques affiches qui traînaient par terre et je me suis emparé d'un gros feutre rouge sur une table. J'ai griffonné, à l'intention de Casimir, mon désir de trouver Fray ou Vuelle. Il m'a répondu, à toute vitesse, que Vuelle, il ne savait pas, mais Fray allait jouer, dans un quart d'heure, dans la pièce de théâtre qui allait être représentée à l'étage au-dessus. Et puis, débordé, il m'a fait un signe d'impuissance comme quoi il ne pouvait plus rien pour moi, qu'il avait trop à faire. C'est sa tête, j'ai pensé, peut-être qu'il joue son boulot sur cette journée, sur tout ce bordel, ce capharnaüm…

Dans le hall, j'ai reconnu Lentec avec d'autres chevelus de son acabit, en train d'accorder sa guitare. Un autre groupe, RAF PROPAGANDA, était annoncé sur un grand calicot. Lentec ratisse large. Des gosses se démenaient avec des câbles et tentaient de convaincre un agent du lycée de l'efficacité des branchements qu'ils prévoyaient. Il y avait maintenant beaucoup de monde, j'étais noyé dans la masse, ce qui était bien, mais en même temps, je détaillais tous les visages, prêt à sauter sur le paletot de l'homme que je venais rechercher ici. Mon bonnet de laine cachait suffisamment ma tête pour que l'on ne me reconnaisse pas tout de go, Mohand Bellaïche, me croisant ne m'a pas salué, mais, en même temps, ça devait me faire une tronche terrible, car plusieurs élèves me regardaient, un peu sidérés. Le parent d'élève impossible.

Respirant profondément, je suis monté à l'étage, guidé par un fléchage d'affiches annonçant les festivités du théâtre lycéen, Edgar Poe, *Le Masque de la mort rouge*, la Troupe du Grand Jules, mise en scène de Michel Fray. J'ai monté les marches de ciment, noyé dans un groupe agité de grands ados traînant apparemment leurs parents au spectacle.

À des résonances tressautantes dans l'estomac, j'ai compris qu'il y avait de la musique, fort, pas loin. Le palier du premier étage était tendu de voiles noir et or. Deux tables de classe barraient le passage et des élèves grimés médiéval vendaient les billets d'entrée et donnaient à chacun un loup rouge en plastique. J'ai mis le mien tout de suite, heureux d'être ainsi protégé par ce masque dérisoire, le temps qu'il me faudrait pour repérer et approcher l'ennemi. Les spectateurs étaient ensuite pour ainsi dire parqués dans un couloir sombre, quelques loupiotes, des chandeliers avec de petites bougies tremblotantes, des tentures, des fausses toiles d'araignée un peu partout. De chaque côté du couloir, les portes de cinq ou six salles de classe étaient ornées de papier de couleur, de sculptures en plâtre, toutes plus horribles les unes que les autres. L'effet était assez saisissant. J'ai compris qu'au moment de la représentation, un spectacle simultané se déroulerait dans toutes ces salles dont les portes s'ouvriraient, ou bien qu'on allait nous balader de pièce en pièce, avançant dans l'histoire et dans les lieux en même temps, je me souvenais vaguement du conte d'Edgar Poe, les invités d'une fête se trimballaient dans toutes les pièces d'un vieux château, et que ça se terminait par la salle de la Peste, la Mort Rouge. On a mariné encore un quart d'heure, il y avait de plus en plus de monde et puis, tout à coup, une porte s'est ouverte, un jeune acteur est apparu, blanc, constellé de poudre brillante et de faux bubons sur le visage. Il a hurlé un texte que je n'entendais pas mais qui avait l'air de faire son petit effet sur l'assistance légèrement paniquée. Et puis une dizaine de petits démons en collant rouge, affublés de fourches, nous ont poussés dans la salle de classe, toute recouverte de toile noire, avec, au fond, sur une estrade, une grande table dressée de nappes, de verres, de gâteaux et de bouteilles de champagne. Les spectateurs, encore un peu saisis, timides, empruntés, bousculés, se sont presque fait prier pour aller boire un coup et manger des friandises. Pendant ce temps, trois ou quatre acteurs et actrices, l'une d'entre elles, torse nu, ses petits seins striés de grandes plaies rouge sang, disaient leurs textes qui devaient enfin expliquer ce qui se passait. Je cherchais partout Fray, mais aucun intervenant ne pouvait, même déguisé, lui ressembler. Aux très fortes vibrations, je savais que la musique était à fond. C'était le genre décervelage baroque.

Il y avait une photo d'Artaud punaisée au mur, j'ai pensé à ce prof, Massempès, qui m'avait parlé du poète fou et de Bossuet, dans une des lettres que j'avais reçues. Je me sentais mal à l'aise.

Je ne savais plus trop ce que j'avais à faire ici.

Les diablotins écarlates nous ont poussés sans ménagement vers une porte ouverte au fond, vers une autre salle. J'ai laissé passer la petite foule empressée et rigolarde des spectateurs et c'est alors que je l'ai aperçu, vêtu XVIIIe, une sorte de pourpoint bleu ciel et une fausse perruque sur la tête. Il fermait la marche, un passe à la main, veillant au grain, faisant en sorte que personne ne puisse revenir sur ses pas, que le spectacle aille toujours de l'avant.

Du théâtre, il allait en avoir. Spectateur unique.

J'ai pris le bas nylon dans ma poche, j'ai mis mon trousseau de clefs à l'intérieur, et je me suis avancé, souffle coupé, dans sa direction, à contre-courant de tous les autres spectateurs médusés par la magie du théâtre. D'un geste, il m'a indiqué l'autre sens, pour lui j'étais encore le parent d'élève qui essaie d'échapper à sa mise en scène.

Je me suis retourné, il n'y avait plus personne dans la salle noire, les autres étant à présent tous entrés dans la seconde pièce que l'on apercevait, rutilante de rouge, comme s'il y avait là les flammes de l'Enfer. J'ai pensé à mon cabanon, ma rage est revenue d'un bloc. J'ai fermé la porte sur moi, j'ai retraversé la salle, il ne s'est pas méfié, sans doute a-t-il cru au spectateur qui était vraiment mal, qui en avait ras le bonnet des conneries lycéennes, et je lui ai balancé le bas en plein travers de la figure, il a hurlé, j'ai arraché sa perruque, je l'ai pris par les cheveux et balancé par terre. Le passe a glissé sur le sol déjà maculé de miettes de gâteaux, de serpentins de papiers et de champagne renversé. J'ai couru fermer à clef la porte donnant vers la salle rouge, Fray se relevait, se tenant l'oreille, le visage déformé par la douleur, alors je lui ai rebalancé un coup de bas nylon à hauteur du cou. J'ai vu ses lèvres crier quelque chose. Je lui ai fait une clef au bras et je l'ai sorti dans le couloir où il y avait encore quelques personnes mais toutes tendues vers l'autre côté, vers les avatars modernes de la Peste. En face, une double porte battante donnait sur un escalier montant aux étages. Je l'ai violemment poussé à travers la porte, il devait y avoir suffisamment de bruit pour que personne n'entende notre manège, du vrai théâtre, du populaire, et je l'ai fait monter dare-dare un étage. Il s'est débattu un instant, sur le palier, je l'ai frappé au ventre, le plus fort que j'ai pu. Courbé en deux, souffle coupé, il s'est laissé amener au deuxième étage.

Personne.

Le couloir luisant sous les lampes pâles du plafond. Avec le passe, j'ai ouvert la première porte que j'ai trouvée. Une salle de classe. J'ai projeté Fray, dans la lumière, à l'intérieur.

Le soleil passait par les grandes baies. La salle de classe, bien propre, bien rangée, les tables de bois jaune bien alignées. Le bureau, le tableau vert au mur. J'ai refermé à clef la porte derrière moi.

Fray, les yeux pleins de larmes de douleur, se tenait le ventre. Son oreille était quasiment violette. Mais il s'est levé, encore prêt à se battre. J'ai sorti le pistolet de ma poche. Il s'est arrêté net, blanc. Je voyais tout son corps tenter de récupérer une normalité, le pourpoint à moitié déchiré, le maquillage dérisoire.

D'un doigt en travers de la bouche, je lui ai dit d'abord de se taire puis je l'ai contourné, le menaçant toujours de mon arme, et je l'ai poussé vers le tableau. Il y avait des craies, juste en dessous, dans le rebord en alu.

J'ai enlevé le loup qui commençait à m'oppresser. Pour qu'il me reconnaisse, et pour qu'il puisse voir que je n'avais aucune intention de rigoler, au cas où il ne l'aurait pas encore compris. J'étais essoufflé, presque à bout de course, toute cette cavalcade n'avait duré qu'une trentaine de secondes.

Je l'ai longtemps regardé, intérieurement j'étais aussi abattu que lui. Je ne savais absolument plus quoi faire. S'il arrivait à me dire un truc du genre « je regrette, pour Laura, je le voulais pas, mais », ça ne serait pas lui le plus emmerdé. J'en ferais quoi de cet aveu… Mais je ne pouvais pas commencer, je ne savais rien, lui aussi devait se demander ce que je pouvais savoir et il ne fallait pas qu'il se rende compte que justement c'était le noir complet, l'opaque total. Je ne me voyais pas le torturer pour le faire parler, le sécateur coupant le doigt de Le Du était toujours là, tapi, dans une des circonvolutions de mon cerveau, où il n'y a plus de bruits, mais uniquement des impressions cisaillantes.

C'était à lui de jouer.

Des tressautements diffus et réguliers sous mes pieds me disaient que le concert de rock venait de commencer.

Il m'a observé, ses yeux pétillaient, mais je ne pouvais pas savoir si un peu de méchante malice revenait en lui, ou bien si c'était le reliquat des larmes.

Il s'est levé lentement, donnant une évidence à tous ses gestes, ce qui voulait dire qu'il avait vraiment peur que je lui tire dessus, et a écrit sur le tableau :

NOUS SOMMES DANS LA MÊME GALÈRE, MAINTENANT.

Faire semblant de tout comprendre. Donner le change.

Drôle de classe. Primaire. Secondaire. À la fois.

Je l'ai poussé brutalement d'un bon mètre, et, le maintenant toujours en joue, j'ai pris une autre craie :

JE SUIS VIEUX ET FOUTU. JE M'EN FOUS. VOUS ALLEZ PAYER POUR LES AUTRES.

Il s'est approché à nouveau du tableau, à pas lents.

Curieuse danse autour d'un tableau vert. Je me suis reculé, levant le canon du pistolet.

COMBIEN VOUS VOULEZ ? il a écrit rageusement.

Du fric, j'ai pensé, nous y voilà, bien sûr, une histoire de fric, le monde n'est pas prêt de changer.

Donc, allons-y dans le pognon.

Le grand tarif. L'ultime coût.

LE PRIX DE LAURA, j'ai répondu.

Il a d'abord haussé les sourcils, puis ses yeux se sont agrandis, et puis son visage s'est éclairé, j'ai pensé à une éclaircie, quand l'ombre du nuage noir quitte le coteau pour s'en aller sur la plaine, en contrebas. Il a regardé mon arme, a soupiré en tremblant nerveusement de plus en plus fort et il s'est proprement jeté sur le tableau.

GARDEZ VOTRE CALME, C'EST IMPORTANT.

RIEN DE TOUT CECI N'A DE RAPPORT AVEC LAURA, LA PAUVRE ENFANT.

Il m'a regardé, tentant de se montrer implorant.

J'ai senti la moitié de mon sang refluer en moi, mais, par habitude, je n'ai pas baissé le canon de mon arme. Je respirai fort, cherchant à tout prix de l'air, ces mecs avaient tout de même essayé de m'arrêter dans ma quête, m'avait fait casser la gueule, et, la nuit dernière, m'auraient bien transformé en bonze, s'ils l'avaient pu.

IL FAUT S'EXPLIQUER, il a rajouté, aux aguets.

Ça y était, le prof reprenait le dessus. Il allait me faire un cours, merde. Laura pourrissait, pas loin, et lui allait tout m'expliquer. Et quoi, d'ailleurs ? Combien de temps, dans la terre, le bois du cercueil mettrait à pourrir ?

Il se donnait la tête du type qui réfléchit intensément, ou du moins qui tente de le faire, du type qui va prendre une décision.

LAURA, ON N'EN SAIT PAS PLUS QUE VOUS.

J'ai apprécié le « on », la notion de groupe, ils avaient des intérêts en commun.

JE VOUS LE JURE.

Vas-y, continue saloperie, déballe…

VOUS AVEZ DÉCIDÉ DE TROUVER L'ASSASSIN DE LAURA.

ÇA NOUS GÊNAIT, C'EST TOUT.

Il a hésité.

VOUS AVEZ MORFLÉ, LE DU AUSSI. NOUS SOMMES QUITTES.

Je l'ai poussé, très énervé, du canon du pistolet. J'avais envie de le cogner, durement, j'avais envie de sang, de bave rose au coin des lèvres.

QU'EST-CE QU'IL NE FALLAIT PAS QUE JE TROUVE ? ET QUEL RAPPORT AVEC LAURA ?

Il m'a regardé, souriant enfin, trouvant la force subite de combattre.

ÇA NE VOUS REGARDE PAS.

Et là, j'ai senti que même si je transformais ce type en steak tartare, il aurait du mal à me le dire. Et puis j'étais tremblant, vidé, à bout de course, je n'avais qu'une envie, dormir. J'ai tenté de repenser à Laura, au jardin, au cabanon en feu, à mes douleurs pour me redonner du courage, mais tout s'éloignait, toute hargne, toute violence, je n'étais qu'une baudruche en train de se vider par de microscopiques petits trous.

Mais j'ai tenté l'ultime recours.

ANNE GADOT ÉTAIT AU COURANT, POUR VOTRE TRUC, COMME LAURA ?

Il m'a fixé, très inquiet, tentant de comprendre cette question. Donc il me donnait déjà la réponse. Il n'avait pas pensé à ça, et ça lui compliquait la vie, et il tirait déjà des plans. Ce n'était pas ça.

JE NE CROIS PAS, il a écrit, beaucoup plus lentement.

C'était sa seule erreur, il me disait par ces

mots que Laura, elle l'était, elle au courant, et que, en cherchant des renseignements sur elle, j'aurais pu tomber sur une histoire mystérieuse de fric… Mais cet aveu confortait également, d'une certaine façon, leur innocence…

Nous étions là, comme des cons, des ennemis désormais sans terrain de bataille, des boxeurs sans ring, sans arbitre. Nous étions prêts à nous battre, mais pas pour les mêmes raisons. Et je savais par intuition qu'il ne me mentait pas, que tout ça, ces coïncidences, ces drôles d'histoires d'adultes qui croisaient des destins de mômes, c'était vrai. Et ce qu'il avait à cacher, ce truc de pognon ou de pouvoir ou je ne sais quoi, une magouille sans doute, j'en avais rien à cirer, ce que je voulais, c'était débusquer l'ordure qui avait fait du mal à une jeune fille, que je revoyais heureuse, riant de tout son joli visage, nerveuse, son corps fin rampant sur l'herbe jaunie du jardin pour changer de place sous le soleil, embrassant mes pauvres joues d'handicapé, et tous les jolis gestes qu'elle faisait pour me dire au revoir…

VOUS ÊTES DES MERDES, j'ai écrit sur le tableau.

L'air compressé sortait de moi en sifflant. Avant que je me mette à pleurer, je ne voyais pas ce que j'allais pouvoir faire d'autre, j'ai brusquement tourné les talons, ouvert la porte et jeté le passe en direction d'un Fray qui ne bougeait pas d'un poil.

Qu'il crève, lui et ses copains. Ce n'était

qu'un prof de merde dans un lycée de merde, vivant une existence merdique. Qu'il crève deux fois.

Dans le couloir, j'ai rangé le pistolet sous ma veste. Mes jambes se dérobaient sous moi, soixante ans inutiles pesaient sur elles, le monde, tout autour, blanchissait nettement. J'étais au bord du collapse. Je me suis accroché à la rampe pour descendre l'escalier, me préparant, en aspirant l'air par saccades, à surmonter mon malaise et affronter la petite foule, en dessous, celle de la Mort Rouge, et puis, après, traverser le hall, traverser la fête, regagner la rue, le dehors, et ne plus savoir quoi faire.

Je n'en pouvais plus et j'ai préféré, deux étages plus bas, m'asseoir sur une marche, la tête appuyée contre le béton froid, le cerveau glacé, attendre que ça revienne, les forces, la vie. J'ai même pensé que je pouvais crever là, doucement, sans trop de douleur, silencieux.

Comme une panne générale, une grève d'aiguilleurs.

J'ai fermé les yeux.

Je ne sais pas combien de temps.

On me secouait l'épaule.

C'était comme si je me réveillais, que je revenais de très loin, Françoise Meyer était là, inquiète, ses yeux grand bleu un peu plus foncés. J'ai tenté de lui sourire pour lui dire que j'étais vivant et que tout allait bien, ou mal, je m'en foutais un peu. Elle m'a pris le bras, m'a aidé à descendre quelques marches, puis m'a proprement soutenu jusqu'en dehors du bahut, un autre élève, un grand chevelu l'a aidée un moment, et nous sommes sortis, l'air frais m'a fait un peu de bien, mais le monde alentour était encore comme recouvert de neige, et j'ai aperçu la vieille 403, et j'ai pensé à Columbo, réalisant enfin pourquoi, quelquefois, les élèves appelaient Françoise Columba, maigre consolation dans mes découvertes… On m'a installé sur le siège arrière, il y avait un foutoir pas croyable dans cette voiture, des papiers, des vêtements, une vraie poubelle. J'ai ressenti le claquement des portières et l'air comprimant mes oreilles. Françoise a fouillé dans la boîte à gants, je l'ai regardée bouger, les yeux mi-clos, la tête légèrement en arrière, appuyée sur le haut du siège, je me sentais déjà un peu mieux, elle a sorti une bouteille, j'ai reconnu de la vodka et j'en ai bu un grand coup, me fouettant le pylore, comme un cocktail Molotov explosant à l'intérieur de la trachée.

Françoise a retourné à moitié son sac à main pour trouver un crayon, s'est emparé d'une vieille contravention et m'a écrit qu'elle me ramenait chez moi, c'était quoi mon adresse.

De la main, je lui ai demandé d'attendre un peu, que mes mains ne tremblent plus, que j'aie la force d'écrire. Dehors, des groupes d'élèves passaient, le visage déformé par les braillements qu'ils devaient pousser. La fête.

Ça allait mieux. Le monde extérieur avait récupéré ses couleurs, les yeux interrogatifs de

Françoise étaient redevenus couleur lagon, je sentais tout mon corps et ses douleurs précises, je me sentais le vieux que j'étais à peu près resté.

J'ai pris un papier, par terre, pour lui répondre de m'emmener plutôt aux jardins.

Et le haut-le-cœur est revenu immédiatement.

Ce papier, c'était un de mes questionnaires et pas n'importe lequel, celui où j'avais barré les mots « une chose » pour y mettre un pluriel, le questionnaire que j'avais donné, il y a un moment déjà, à Anne Gadot.

J'ai recommencé à respirer à toute vitesse, la chance me souriait une deuxième fois.

POURQUOI VOUS AVEZ CE PAPIER DANS VOTRE VOITURE ?

Françoise a comme étudié ces mots, comme si elle traduisait en langage clair, m'a regardé longtemps, perdue dans sa propre mémoire ou ses propres suppositions et puis s'est fermée comme une huître. Elle s'est retournée et a mis les mains sur le volant, le serrant convulsivement, je voyais les jointures de ses phalanges blanchir.

Et puis elle a répondu.

C'EST PAS À MOI. IL Y A ENCORE DES AFFAIRES À MON EX DANS LA VOITURE.

BONNEMAY ? j'ai écrit à toute vitesse.

C'est vrai qu'elle s'était bagarrée avec lui, devant le Mickey, il n'y avait pas longtemps.

Elle semblait perdue dans une détresse de

plus en plus visible, une douleur, peut-être la raison de tout ce mal qu'on voyait en elle depuis peu, ses larmes sous-jacentes, cette violence contenue, cette déprime qui ombrait, parfois, de vert pâle sa peau.

J'ai fait le vide en moi, il me fallait poser les bonnes questions, saisir cette petite chance hasardeuse, arpenter avec douceur ce petit chemin encore sableux qui s'ouvrait devant moi, ce semblant de faible piste.

Je l'ai laissée mariner un peu dans ses silencieux secrets et, sur une autre feuille qui traînait, un devoir de maths d'élève, j'ai écrit, en choisissant bien mes mots :

CETTE FEUILLE, JE L'AVAIS DONNÉE À ANNE GADOT. COMMENT VOTRE EX-AMI L'A EUE ENTRE LES MAINS ?

EST-CE À CAUSE D'ANNE QUE VOUS VOUS ÊTES SÉPARÉS ?

Elle a lu mon petit mot et a froissé rageusement la feuille. C'était la femme de trente ans supplantée par la jeune fille, une longue histoire d'amour se terminant bêtement, dans les mensonges et les comparaisons. Ce qu'elle ne pouvait pas savoir c'est qu'Anne se cachait et parlait de moi et avait peur et masquait quelque chose qu'il me fallait savoir à tout prix, parce que ça s'allumait comme une petite lumière au fond de ma tête, parce que je sentais qu'il y avait là quelque chose d'anormal, de pas net, ou même de terrible, de lourd. Quelque chose qui sentait mauvais, même de très loin.

L'intuition du sourd-muet qui entend l'inaudible, qui perçoit justement cette petite musique faite d'infrasons que ne peuvent pas écouter les autres, les zorros, les zoreilles.

Je ne sais pas ce qu'elle a compris, deviné, pensé.

Elle s'est redressée tout d'un coup, et a marqué sur la feuille. SI VOUS VOULEZ, JE VOUS EMMÈNE CHEZ LUI.

Je n'étais pas avec une lycéenne, bien sûr.

Elle comprenait au moins aussi vite que moi.

J'ai dit oui d'un mouvement de tête.

*

Elle a garé la 403 dans une petite rue d'Athis-Mons, pas loin des bords de Seine. Pendant le court voyage, j'avais vu la Centrale thermique de près, et les cités-est de Choisy, et la grande usine Rhône-Poulenc, avec sa bonne odeur d'œuf pas frais qui empoisonne les alentours et que je sentais, quelquefois, aux jardins, quand le vent est au sud.

Nous étions dans un quartier pavillonnaire, des milliards de pavillons, tous différents, des milliards de possibilités esthétiques de la petite propriété, avec ces simili-jardins, ces pelouses envahissantes, quelquefois constellées de nains en terre cuite ou du puits en vieux pneus, quelquefois explosant du mauve envahissant d'une glycine, striés vert par l'obligatoire haie de thuyas, fourmillant de rosiers qui sont les compagnons de base du banlieusard, des amis torturés, maltraités, taillés trois fois trop, arrosés de toutes sortes d'engrais et d'insecticides, palpés, bouturés, ficelés de toutes espèces de fils de fer et de ficelles, et enfin émasculés de leurs splendeurs odorantes.

Françoise avait conduit comme une automate, j'étais resté sur le siège arrière, les mains posées sur le dossier du siège avant. Je la sentais bandée comme un arc, après tout, elle avait sans doute trouvé le moyen de se venger d'un amant qui la faisait encore souffrir, et je décelais en elle des forces peu communes, je ne saurais jamais quelle violence avait pu prendre leur amour, peut-être était-ce quelque chose de dur comme le fouet, d'inavouable comme une révélation, d'inoubliable comme le bonheur. J'avais repris mes esprits, la tête ne me tournait plus, j'avais même faim, et, surtout, dans la brume scintillante, comme une buée, de toutes mes suppositions, de toutes mes peurs, j'avais repris la rage, cette petite haine tenace liée à ma vengeance idiote mais dans laquelle j'étais plongé jusqu'aux oreilles et qui me tenait lieu de vie, d'avenir, de respect de soi.

Françoise a serré le frein à main.

C'EST AU 19. UN PAVILLON JAUNE.

Au moment où j'ai ouvert la portière, elle m'a arrêté de la main, inscrivant quelques mots de plus sur la feuille un peu sale qui portait des traces de semelles :

J'AI ENVIE DE VENIR AVEC VOUS.

JE NE SAIS PAS OÙ JE VAIS, j'ai répondu.

Elle a fait un oui timide de la tête, comprenant qu'elle était presque soulagée de ne pas avoir à surprendre son ex-amant, à le découvrir dans une histoire qu'elle ne supposait même pas.

MAIS VOUS Y ALLEZ QUAND MÊME, elle a écrit.

Puis rageuse, a ajouté :

IL Y A UN JARDIN, DERRIÈRE, DANS LEQUEL ON VA PAR UN PASSAGE, SUR LE CÔTÉ DU PAVILLON. UNE PORTE VITRÉE MÈNE À L'INTÉRIEUR. CELLE DE DEVANT EST TOUJOURS FERMÉE. CELLE DE DERRIÈRE GRINCE.

Elle m'a fait une caresse sur la joue, du dos de sa main, comme pour me donner le peu de courage qui lui restait.

Je n'arrivais pas à reconstruire le puzzle et savoir ce qu'elle pensait, ce qu'elle devinait, ce qu'elle présageait. La seule question que nous aurions été capables de nous poser, c'est Anne Gadot, pourquoi avait-elle si peur ? J'ai sorti le pistolet de dessous ma veste pour le mettre dans ma poche, la main droite bien enserrée autour de la crosse. Elle a vu mon geste et a souri, inexplicablement. Je suis descendu de la 403, nous étions garés en face du numéro 11 de la rue et je me suis avancé, à petite allure, il faisait subitement très chaud, le soleil de mai se faisait une tête de canicule. Sur le trottoir, les ombres étaient nettes, franches, couleur d'encre.

J'ai cligné des yeux.

Au 19, un gros pavillon jaune, ventru, aux volets rouge basque. De hautes haies de troènes masquaient la vue sur le petit jardin et le perron imitant une poupe de galion. J'ai ouvert le portail rouillé, qui n'était pas fermé, aux aguets, il pourrait y avoir un chien, j'ai vu le passage, sur le côté de la maison, avec une tonnelle ployant sous le poids d'un énorme rosier à grosses fleurs jaunes. L'herbe était haute partout, il n'y avait presque pas de fleurs, quelques-unes noyées dans le chiendent, Bonnemay n'était pas un jardinier, ça me rassurait presque.

J'ai sorti le pistolet.

Avec une arme à la main, j'étais le vengeur. Si celui que je cherchais me surprenait ainsi, il n'aurait pas à comprendre, il croirait que je venais le supprimer.

Mais je ne savais pas ce que j'allais faire.

Avant tout, je voulais voir Anne, être sûr que.

Pour elle, pour moi, pour Rosario.

J'ai longé le pavillon, murs de meulières, et je suis arrivé dans un grand jardin derrière, là aussi des hautes herbes, des graminées, quelques arbres, deux pommiers, au fond, près d'un mur de briques avec un hamac tendu entre les deux troncs, d'où dépassait un amas de bras et de jambes, comme s'il s'agissait d'une famille d'Indiens amazoniens faisant la sieste.

Ou plutôt comme une énorme araignée au ventre blanc.

Mes pieds ont fauché l'herbe.

L'arme au bout de mon bras.

Le hamac a bougé. J'ai vu le visage d'Anne Gadot dépasser de la cotonnade, elle a dû pousser un petit cri, l'araignée s'est mise à agiter ses pattes et un grand type totalement nu a sauté sur l'herbe. Bonnemay, je le reconnaissais vaguement, même s'il n'avait plus ses sempiternels habits de cuir. Il était très musclé, de longues jambes, des bras noueux. Il souriait.

Derrière lui, dépassant du hamac, Anne ne montrait que son visage d'oisillon affolé.

Il m'a regardé en me tendant la main, me demandant implicitement de lui donner mon pistolet. Comment tirer sans savoir sur un type à poil ?

J'ai reculé un peu, levant mon arme en direction de sa poitrine.

Je n'ai pas vu le râteau appuyé sur le tronc de l'abricotier, je n'ai pensé, une seconde, qu'à une seule chose, que c'était un Rouge du Roussillon, pas vraiment le meilleur abricotier pour la terre d'Île de France, et puis j'étais déconcerté par la nudité soudaine de ce grand corps, ce ventre plein de poils, et le sexe, long, qui pendait.

Bonnemay, avec une vitesse incroyable, d'un coup de râteau, m'a tapé la main, j'ai senti les griffes d'acier terreuses m'entamer la peau, le pistolet est parti loin derrière, dans l'herbe, Bonnemay était déjà sur moi, je me suis pris son poing dans la figure, je suis tombé, ébloui, et quand je me suis dit que je m'étais fait avoir comme un collégien, il était déjà assis sur ma poitrine, et ses deux mains, autour de ma gorge, commençaient à serrer.

J'ai tenté de griffer son visage, de me débattre, pendant ce temps-là il hurlait, ou me parlait, disait énormément de choses, devait m'insulter, ou m'expliquer pourquoi il serrait si fort ma gorge, et mon cou me brûlait, et l'air ne passait plus, et mes poumons se bloquaient, et je me suis dit ce type est en train de me tuer, et s'il me tuait, c'est parce qu'il croyait que je savais que c'était lui qui avait tué Laura, il n'y avait pas d'autre explication, et mon cœur cognait, j'appelais l'air de toutes mes forces, j'ai vu, très vite, des herbes jaunes se balancer tout autour, et lui, tendu violet au-dessus de moi, et c'était comme si je me retournais de l'intérieur, je me noyais dans un jardin, merde, c'était pas possible, ça redevenait blanc et rose, tout autour.

Bonnemay s'est pris comme un coup de boutoir en pleine poitrine. J'ai vu l'impact rouge et la peau s'enfoncer juste au-dessus du sein droit.

À l'envers, j'ai vu Françoise Meyer, mon pistolet à la main. J'ai réussi à me lever sur un coude, ma poitrine sifflait, des courants d'air brûlant passaient à travers ma gorge. Anne Gadot, petite silhouette à moitié nue, les os des côtes lui striaient les flancs, a sauté du hamac, s'est jetée sur Bonnemay, elle semblait crier, je ne voulais pas savoir quoi, puis s'est redressée, le visage entièrement tordu, voulant se jeter sur Françoise. Je lui ai fait un croche-pied réflexe, elle s'est étalée dans l'herbe, s'est relevée, nous a détaillés comme si nous étions des fantômes, puis est partie en courant vers la maison. Son dos blanc et frêle s'est fondu dans le noir profond d'une petite porte.

Françoise étincelait comme du lait. Ses lèvres pincées.

Mâchoires soudées.

Sachant quoi faire. Me prenant par la main, m'aidant à me relever et m'emmenant, en courant presque, vers la grille d'entrée, me poussant sur le trottoir, dans une lumière aussi blanche que des flashes de photographes. J'ai juste eu la force de lui retirer l'arme des mains pour la cacher dans ma poche.

Je me suis écroulé sur le siège avant de la Peugeot, vidé, vide plutôt, comme éviscéré. Françoise a démarré rageusement, elle était encore sous le coup du soubresaut de l'arme qui avait légèrement tressauté dans sa main, elle ne voyait rien, elle ne faisait que ces gestes automatiques qui ne lui donnaient pas à réfléchir, conduire sa bagnole, fuir, partir.

Et moi je pensais que toute cette histoire s'était presque terminée comme un paradoxe. Les seuls mots importants qu'on avait pu me dire, ceux de Bonnemay, certain qu'il allait me supprimer, obligé de le faire pour de bonnes raisons sans doute, je ne les avais pas compris, ce genre d'aveu ne passerait jamais par l'écriture. Françoise les avait peut-être entendus, c'est sans doute pour cela qu'elle avait tiré. Ou alors pour l'empêcher de me tuer. Ou par simple vengeance. Je me devais de vite lui demander, mais je n'avais plus aucune force, j'étais simplement figé, caillé, coagulé sur le siège de la voiture, regardant, droit devant moi, les petites rues de banlieue, les tournants à angle droit, les panneaux indicateurs qui ne voulaient rien dire.

*

Nous nous sommes retrouvés sur l'autoroute comme par enchantement, sans l'avoir vue arriver, comme si c'était une échappatoire normale, un moyen d'aller plus vite, de ne pas s'arrêter. Françoise était toujours crispée, elle avait les larmes aux yeux depuis très longtemps, pour elle, peut-être que dehors, depuis Athis-Mons, il pleuvait à pleins seaux. Dans ma tête, le brouhaha silencieux, ce bourdonnement permanent, ces sifflements sourds, ces grondements presque stridents, n'étaient plus du domaine du capharnaüm, du mélange, mais s'organisaient, se succédaient même, venaient l'un après l'autre. Je savais ce que ça voulait dire. Tout, en moi, se calmait, doucement, avec méthode.

*

On avait dépassé le péage depuis dix bonnes minutes quand j'ai eu la force de poser ma main sur son bras. Comme si elle n'attendait que ça, elle m'a souri en haussant les épaules, presque une façon de s'excuser.

Elle a pris, sur la droite, le chemin d'une aire de parking. Beaucoup d'arbres, quelques voitures, deux familles mangeant sur des tables de rondins. Elle s'est garée juste à côté des toilettes, dérisoire petit édicule crépi de blanc.

Elle a arrêté le moteur, a posé son front contre le volant, un long moment. Puis a semblé se ressaisir, par-dessus le siège, s'est emparée d'un tas de feuilles de papier traînant sur le tapis de sol, a sorti un stylo de son sac.

QU'EST-CE QUE JE SUIS CENSÉE FAIRE MAINTENANT ?

Je n'ai pas répondu tout de suite, je n'avais pas assez d'éléments pour ça, et c'était de l'ordre de l'insurmontable de dire à quelqu'un d'aller se rendre à la police. Il ne faut jamais se rendre. Être pris oui, et encore. Toujours se défendre, on a toujours des raisons évidentes de résister. Ne pas se laisser aller.

QU'EST-CE QU'IL A DIT ?

Elle s'est mise à pleurer, silencieusement, pendant un long moment, et puis, de sa grande main tremblante, c'était bizarre, elle avait des mains étroites et décharnées, avec des taches de rousseur entre les tendons, elle s'est mise à écrire, à raturer, à recommencer, à chercher ses mots, à enfin parvenir à décrire tout ce qui se présentait en vrac dans son esprit totalement tourneboulé.

Pendant tout ce temps, j'ai soigneusement

effacé toutes traces de l'arme et puis je me suis humecté la paume et les doigts, jusqu'à ce qu'ils deviennent moites et j'ai serré très fort le pistolet dans ma main droite.

Jusqu'à ce qu'elle me donne à lire son texte malmené, écrit en biais, au milieu d'une feuille vantant des tarifs de cantine scolaire.

Ce Michel Bonnemay, amant depuis longtemps, et tout cet amour qu'elle avait pour lui, jusqu'à ces tromperies avec les lycéennes, elle ne savait jamais qui, d'abord elle en avait souffert et puis elle s'était tue, et tout était parti petit à petit en eau de boudin, il changeait, l'appelait la vieille, et le jour où elle avait su pour Anne, et puis la séparation difficile, jusqu'aux coups, devant tout le monde, elle, déçue, mortifiée, anéantie.

Elle était entrée dans le jardin juste après moi, simplement pour me rattraper et me dire de partir et qu'elle regrettait de m'avoir amené là et que tant pis, que tout ça c'était du *Nous Deux*. Et puis elle avait vu Bonnemay en train de m'étrangler, un Bonnemay qui parlait de « cette petite salope » de Laura, à qui ça ne suffisait plus de se faire sauter, il lui fallait en plus tout le pognon, et qu'elle l'avait bien cherché, et moi, le sourdingue aussi, par la même occasion. Depuis le moment où je les faisais chier…

Alors elle avait tiré, surtout à cause de Laura, et plus parce qu'il l'avait aimée que tuée.

On avait eu sans doute l'assassin de la petite Laura.

On avait bouclé.

Et cette question de fric, encore... Fray m'avait possédé, encore, par omission.

J'ai pris le papier des mains de Françoise et je n'ai écrit qu'une seule question.

LUI, EN 68 ET APRÈS, IL ÉTAIT QUOI ?

Elle m'a regardé comme si je lui demandais quelle était la couleur de la Jaguar d'Albert Camus.

MAO, elle m'a répondu, POURQUOI ?

Comme par hasard.

Comme les trois autres profs de Jules-Romains. Ça commençait à faire beaucoup de fanas du petit livre rouge dans le secteur. Un vrai Chinatown. En plus de tous les autres staliniens ambiants. Je me demandais si je n'étais pas un peu comme mes parents à Barcelone, un POUM à moi tout seul. Mais je ne comprenais toujours rien au film.

En tout cas, il y avait un mort de plus. Il y aurait une enquête rapide, avec deux cadavres et une Anne Gadot choquée dans les parages, ça irait très vite, les recoupements, les aveux, les renseignements supplémentaires combleraient rapidement les vides. La police ferait son travail, trouverait l'essentiel sans forcer. Gaillet ferait la gueule de voir les cow-boys réussir, par chance, là où il avait échoué.

À ce moment-là seulement, je pourrais savoir comment m'intercaler dans ce salmigondis. Pour l'instant, ce n'était pas un chapeau que je risquais de porter, mais une complète usine de galures.

À la guerre comme à la guerre, vive les aventures modernes !

ÇA VOUS DIT, UN BON MOIS DE VACANCES À LA MONTAGNE ?

Elle m'a observé sans répondre, réfléchissant du mieux qu'elle pouvait.

VOUS AVEZ DES PAPIERS SUR VOUS ?

Elle m'a fait oui de la tête.

TOUT DROIT, j'ai écrit, en montrant l'autoroute, devant. Soucieuse, elle a démarré. Moi, je regardais très loin, le plus loin possible, j'essayais de voir l'Espagne.

3

LA RÉCOLTE

Un mois déjà.

La trentaine de jours la plus belle de ma vie. Du moins la plus calmement heureuse, avec ce petit bonheur égoïste qui prend d'autant plus de force que l'on sait que ça ne durera pas. Un mois de plongée dans le vert, dans une nature tellement désordonnée, qu'on évite même d'y toucher, de peur d'y jeter un trouble dévastateur. Et moi, le jardinier, le potager maniaque, je n'osais même pas arracher une fleur des champs, cueillir une baie, tailler un arbre trop bas ou trop envahissant.

Je lave mon corps décharné à la fontaine du village. Nu. Je m'en fous, il n'y a personne. Françoise dort encore sous les vieilles tuiles dans la maison du haut, la seule qu'on ait trouvée encore pourvue d'un toit. Il n'a pas plu, depuis un mois, mais on dort mieux, ainsi recouverts, après tout nous sommes en montagne et le ciel est plus proche, et on sent le besoin impérieux de se protéger de lui.

Sarahis, ce village où nous vivons cette vacance, nous l'avons trouvé désert, abandonné, mais avec suffisamment de traces de vie pour s'y installer malgré tout. De vieux sommiers, des tables et des chaises, une barrique de vieux vin, des casseroles de fer-blanc. J'ai même déniché, dans ce qui était le presbytère, deux paquets de cigarettes, des Ducados. On fait du feu, et des soupes avec tout ce qu'on trouve, il y a déjà des fruits, deux cerisiers au bout du village, et les lapins pullulent. Un peu plus bas, le petit torrent, comme métallisé de truites. J'ai retrouvé instantanément mes anciens savoirs de petit braconnier de huit ans. Tous mes souvenirs sont revenus petit à petit et je me suis dirigé dans le village en revivant peu à peu tous ces souvenirs bruyants, datant d'un âge où j'entendais, où il y avait du monde, une sœur qui s'occupait de moi, l'abbé qui nous couvait. C'était comme si je retrouvais mes traces par le son, la musique, les bruits.

J'avais d'abord voulu aller à Tercuy, où je suis né, qui est un plus gros bourg, où mes parents m'ont élevé, l'espace de quatre ans, pour m'envoyer ensuite ici, en garde, plus haut vers le nord, plus haut dans la sierra. Mais nous sommes passés ici et nous y sommes arrivés une fin d'après-midi, épuisés. La 403 n'en pouvait plus, c'était, pour elle aussi, comme un ultime voyage, elle savait qu'elle devait nous conduire là, et qu'après elle pouvait crever, renaître sous une autre forme, cage à poules ou bien immense nid de guêpes.

D'autoroute en autoroute, ne nous arrêtant que de faibles moments où Françoise dormait quelques instants, ne nous parlant même pas, nous avions foncé vers le sud, vers les Pyrénées, Saint-Bertrand-de-Comminges, et puis la route aride vers Fos, nous avions passé la frontière de nuit et le douanier endormi ne nous avait même pas regardés, et puis le Val d'Aran, Viella, Pont de Suert, tout ce chemin qu'avait fait ma sœur à pied, me transportant sur ses petites épaules, et là, je me suis laissé guider par ma petite musique d'enfance, et j'ai dit à Françoise, c'est là qu'il faut laisser la voiture, c'est ce chemin de terre qu'il faut prendre, c'est ce petit torrent qu'il faut traverser, une heure après, on voyait le village au sommet de la colline, au bord d'un escarpement.

C'est presque avec soulagement qu'on a constaté son abandon, comme soulagés de n'avoir personne à convaincre, à amadouer, comme s'il était presque obligatoire d'être seuls à partager un secret, la mort d'un homme, comme s'il était bon d'être isolés pour réfléchir à ce que pouvait devenir la vie.

Les jours ont coulé doucement. On attendait. On ne savait pas trop quoi, décidés de vivre l'été dans cette montagne perdue. Françoise m'écrivait qu'elle entendait parfois des coups de fusil, des chasseurs, et des feulements de voiture, loin, sur la route basse. On s'écrivait beaucoup, par tranches, assis sur le seuil de la maison de pierre brune, en plein soleil. Elle m'a raconté sa vie un peu simple, tellement simple que l'amour pour Bonnemay lui avait paru nimbé de sublime, et fait sentir ensuite le désordre des choses, l'entropie douloureuse. Je lui racontais un peu mon destin, tout clivé par cette panne d'enfance. Françoise me disait qu'il lui était bon d'être mes oreilles, et ma voix, une partie de moi-même. Nous vivions calmement une sorte d'amour, et petit à petit nous avons dormi sur le même lit, les nuits de sierra sont presque glaciales, nous réchauffions nos corps sous une tenture qu'on avait lavée dans le torrent, des nuits sans désir, comme deux gosses, comme peut-être ma sœur et moi, il y a si longtemps, et le matin, éveillé toujours trop tôt, je la regardais comme un tableau, sa peau comme du sable, criblée de rousseur, cette odeur de muscade.

À la fontaine, tous les matins, je lavais ses hanches oblongues avec de la saponaire, et puis elle se séchait au soleil et je me demandais quand même qu'est-ce que c'était que cette sorte d'amour qui apparaissait si calmement, si secrètement.

Mais j'avais un autre chemin à faire avec elle, autrement plus périlleux. La convaincre. Lui faire admettre que j'étais vieux, fou, sourd, quasi muet, seul, sans avenir, ou du moins sans, dans les jours proches, avoir quelque chose à perdre, à regretter. La convaincre d'admettre, de penser et de dire enfin que c'était moi qui devais endosser la mort de Bonnemay. C'était avec l'arme que j'avais trouvée et c'était pour venger la petite Laura. Qu'Anne Gadot n'avait rien vu, et qu'elle pourrait bien raconter n'importe quoi, on dirait qu'elle voudrait à tout prix charger sa rivale…

Que les jours que l'on passait, là, en retraite, étaient, pour elle, le premier barreau d'une échelle inconnue qu'elle se devait de gravir vers une autre vie. Bien sûr, elle était complice, témoin, mais on la laisserait tranquille, et moi, je ne risquais rien, et ce qu'on avait soulevé prendrait peut-être le pas sur notre pauvre geste.

Elle s'est rebellée à cette idée pendant au moins deux semaines et puis j'ai senti, dans l'agencement de ses mots, dans la façon qu'elle avait de parler de sa conscience, dans la manière qu'elle avait de remettre souvent ça sur le tapis, qu'elle s'était faite peu à peu à cette idée.

J'en étais triste, c'était quand même l'annonce d'un abandon, peut-être au fond de moi j'avais rêvé qu'elle me dise, partons loin, fuyons encore, mais j'étais en même temps rassuré, les choses devenaient simples, je savais contre quoi me battre.

Et puis j'allais être pris en charge, j'allais pouvoir me laisser aller, m'en remettre aux autres. Je n'aurais plus qu'à agir en contre sans m'occuper de moi-même.

C'était comme si j'avais le feu au corps.

Je me suis immergé complètement dans la fontaine d'eau glaciale. Ce traitement quotidien me redonnait une force et une santé que je n'avais pas éprouvées depuis longtemps.

Mes pieds reposaient sur un coussin de mousse épaisse et les herbes vertes flottantes ondulaient sous mon dos. J'étais tellement hors de moi, à ces moments-là, ou du moins si près de mon enfance, que je me disais, tu vas voir, tu vas te mettre à pousser une sorte de cri primal.

Et puis, au-dessus de moi, le beau visage, encore ensommeillé de Françoise m'est apparu, elle s'est dévêtue et s'est allongée dans la fontaine, ses cheveux ont flotté, j'ai pensé à Ophélie, sa peau se hérissait sous le froid, deux truites blanches dans l'eau courante, et l'une saumonée.

J'ai pensé à un livre de Brautigan que Laura m'avait fait lire.

La guardia civil, cinq carabiniers avec leurs casseroles noires sur la tête, sont arrivés cinq jours après, suants, inquiets, la pétoire braquée vers nos abattis.

Nous n'avons fait aucune difficulté pour les suivre. Non seulement ils semblaient soulagés, mais même vaguement déférents. Ils n'ont pas tenté de me parler, ils devaient en savoir beaucoup sur nous, et ne se sont adressés qu'à Françoise, en espagnol et comme elle ne parlait pas la langue, tout ça est demeuré très silencieux. Nous sommes restés deux jours dans une sorte de prison dans la petite ville de Tremp, et puis on nous a emmenés à Lerida, et de là on nous a enfournés dans un petit avion militaire jusqu'à Toulouse. Trois brigadiers de gendarmerie nous ont collés dans le train et six heures après, sur le quai de la gare d'Austerlitz, les flics, les vrais, nous ont pris en charge.

Le commissaire Gaillet était avec eux, et en nous entraînant vers le fourgon, il n'a pas pu s'empêcher de me glisser un mot :

POUR RIEN AU MONDE JE N'AURAIS LOUPÉ ÇA.

Je n'ai pas eu le loisir de le traiter de hyène, ou de chacal, ou de quelque chose y ressemblant. Mais j'ai eu la honte. Dans ses yeux, dans son regard mi-narquois, mi-paternaliste, il y avait comme des félicitations, des vraies.

Merde.

Vingt-sept jours que je suis là, à Fresnes.

L'instruction va bon train, ça les rend fous d'avoir à TOUT m'écrire, une sorte de jurisprudence à moi tout seul. Jovillar contre Toute la Justice. Mais tout est relativement simple. J'endosse le meurtre de Bonnemay. Anne Gadot a bien sûr tout déballé, mais ils semblent croire qu'elle charge Françoise par pure jalousie. On verra bien.

En revanche, j'en ai appris de bonnes.

Le commissaire Gaillet est venu plusieurs fois éclairer ma lanterne, le sourire aux lèvres, content de me regarder comme une étrille noyée dans un panier de tourteaux.

OFFICIELLEMENT, C'EST UNE HISTOIRE DE CUL ET ON EN RESTERA LÀ.

C'était la teneur du premier mot doux qu'il m'avait filé.

TOUT LE RESTE EST VAGUEMENT ÉTOUFFÉ.

Le sens du deuxième.

MAIS T'ES TROP CON POUR MOURIR IDIOT.

La morale du troisième.

Et puis il s'est mis à délirer.

Toute cette histoire de fric, les magouilles de Fray, Le Du, Vuelle et même Bonnemay. Une histoire à peine croyable, démente et pitoyable à la fois.

Ils se connaissaient tous très bien, des copains militants, maos purs et durs, et surtout l'étant, contre vents et marées, restés, des dépositaires de la Vérité, de la Cause, largués quand le mouvement s'était sabordé, le refus de la lutte armée, les Nap, tout ça. Ils étaient les gardiens du Trésor. Eh oui, il y avait bien le trésor des nazis, celui du FLN, l'autre de l'OAS, et il y avait aussi le trésor de 68, disons. Du fric amassé un peu partout, des dons, rien que pendant l'occupation de la Sorbonne, un vrai petit magot avait été réuni, on avait même vu des petits patrons d'entreprise venant, terrorisés, graisser la patte des responsables étudiants pour qu'ils ne viennent pas foutre leur bordel dans l'usine, et puis il y avait du fric plus occulte, international, plus révolutionnaire, transitant par l'Albanie, le Viêt-nam et les pays de l'Est, des valises avaient circulé, il fallait payer la formation militaire des futurs guerriers populaires, payer les faux papiers, financer la clandestinité, prévoir les armes. Du fric, beaucoup de fric s'était amassé, venant d'un peu partout, il aurait fallu des années et des années pour savoir efficacement d'où ça venait, et il y aurait eu sûrement des surprises…

Quand tout s'était arrêté, Vuelle était un peu le trésorier, au sens propre du terme, le gardien du Trésor Privé, et toute la bande, inquiète, avait décidé de planquer le pognon de la Cause, comptes dispersés, notamment, bien sûr, en Suisse, le Grand Capital faisant fructifier les pépètes des maoïstes. Et tous ces purs et durs attendaient le moment opportun de le redonner à la Cause, de refinancer l'espoir. Pour le moment ils ne s'y décidaient pas, voyant ce que devenaient la plupart des grands chefs maos de l'époque, qui patron, qui gouvernant, qui star de la littérature, furieux que tous ceux, la base, qui étaient tombés dans le banditisme, la drogue ou le fromage de chèvre, continuent à en baver, certains morts, d'autres toujours à l'usine.

Alors ils avaient veillé sur le magot, harpagons modernes, attendant de financer un nouvel espoir qui ne manquerait pas de renaître un Grand Soir prochain.

Sauf Bonnemay qui avait tiré, petit à petit, un trait sur la pureté révolutionnaire de sa jeunesse et qui, en secret, tapait dans le fonds, doucement mais sûrement.

Et Laura, à force de fréquenter ces adultes-là, ce n'était pas vraiment un hasard, ils étaient toujours charmeurs, passablement romantiques, en tout cas hors du commun, avait vite compris le manège et, maîtresse de Bonnemay, avait su, sur l'oreiller, lui tirer les confidences nécessaires pour vouloir en croquer elle aussi, il n'y avait pas de raison.

C'était là où le personnage de Laura m'avait échappé complètement, et aux autres aussi, après tout pourquoi une jeune fille bien sous tous rapports, ne pouvait pas être un peu vénale...

C'est peut-être l'époque qui le voulait, avait bien précisé le commissaire Gaillet.

Bonnemay avait refusé, lui passe encore, mais une petite conasse réviso, non. Alors elle l'avait menacé de tout raconter aux trois autres gardiens du temple.

Et ça avait mal tourné.

C'est Anne Gadot qui avait d'abord trouvé tout ça dans le journal de Laura et qui, apparemment, devenant la maîtresse de Bonnemay, avait l'intention de reprendre peut-être le flambeau éteint depuis la mort de sa copine, mais ça on le saurait jamais... Elle se taisait à fond là-dessus.

Tout ça, c'est Gaillet qui me l'a raconté, patiemment, par écrit, en y prenant un réel plaisir.

Il a bien pu tout inventer, tellement il était content.

Surtout content que deux jeunes filles puissent aussi être de petites ordures. En tout cas, la brigade a fait en sorte que rien ne passe, ordre d'en haut. Il y aurait du monde pour se récupérer le magot vite fait.

Il paraît que Vuelle, Fray sont toujours profs. Gaillet n'avait pas de nouvelles précises de Le Du. J'ai pensé qu'il était peut-être au Brésil pour se faire greffer un pouce. Notre « conversation » finale a donné à peu près ça.

— VRAI OU PAS VRAI, ÇA RESSORTIRA AU PROCÈS, j'avais commencé.

— C'EST PAS DU TOUT SÛR QU'IL Y EN AIT UN. L'ASSASSIN DE LAURA EST PUNI. ET TOI TU PEUX T'ÉVADER. L'ESPAGNE TE TEND SES GRANDS BRAS POILUS.

— J'EXIGE D'ÊTRE JUGÉ PAR LA JUSTICE DE MON PAYS.

— TON PAYS C'EST LA CONNERIE, OUI.

Françoise est en liberté sous contrôle judiciaire.

Elle est venue hier, au parloir, c'était ma deuxième visite « privée », après Marion. Elle est venue avec un sac plastique rempli de deux kilos de pommes de terre qu'elle a été arracher dans mon jardin. Les matons les ont inspectées, puis, à contrecœur, me les ont laissées. Elles sont alignées sur l'étagère en face de mon lit, dans la cellule.

Mes Belle de Fontenay me rassurent sur la pérennité du Tout.

Elles sont belles, bien pleines. Un jour, elles seront succulentes. Ce jour viendra, et ça me donnait envie de déconner, de faire des phrases idiotes et de l'humour un peu nul, du genre, à force de se comporter comme une patate, on ne fréquente pas que le gratin.

DU MÊME AUTEUR

Aux Éditions Gallimard

Dans la collection Série Noire

NOUS AVONS BRÛLÉ UNE SAINTE, *n° 1968*, Folio Policier *n° 234*.

SUZANNE ET LES RINGARDS, *n° 2013*, Folio Policier *n° 184*.

LA PÊCHE AUX ANGES, *n° 2042*.

L'HOMME À L'OREILLE CROQUÉE, *n° 2098*, Folio Policier *n° 25*.

LA CLEF DES MENSONGES, *n° 2161*, Folio Policier *n° 543*.

LE CINÉMA DE PAPA, *n° 2199*.

RN 86, *n° 2377*, Folio Policier *n° 5*.

LA BELLE DE FONTENAY, *n° 2290*, Folio Policier *n° 76*.

LARCHMÜTZ 5632, *n° 2532*, Folio Policier *n° 193*.

LES ROUBIGNOLLES DU DESTIN, *n° 2616*, Folio Policier *n° 328*.

H4BLUES, *n° 2680*, Folio Policier *n° 367*.

LE ROUGE ET LE VERT, *n° 2731*, Folio Policier *n° 601*.

TOUT DOIT DISPARAÎTRE : NOUS AVONS BRÛLÉ UNE SAINTE — LA PÊCHE AUX ANGES — L'HOMME À L'OREILLE CROQUÉE — LE CINÉMA DE PAPA — RN 86. *Préface de Caryl Férey et postface inédite de l'auteur*, 2015.

MA ZAD, 2018.

Dans la collection Folio 2 €

LA MAUVAISE GRAINE, *n° 4321*.

Aux Éditions Gallimard Jeunesse

L'ENCYCLOPÉDIE DES CANCRES, DES REBELLES ET AUTRES GÉNIES, *coécrit avec Serge Bloch*, 2006.

L'ENCYCLOPÉDIE DES HÉROS, ICÔNES ET AUTRES DEMI-DIEUX (avec Anne Blanchard et Francis Mizio), 2012.

Chez d'autres éditeurs

SOUS LE VENT, *illustrations de Joe G. Pinelli, Éditions Jean-Claude Lattès, 2012.*

SAMEDI 14, *Éditions de la Branche, collection Vendredi 13, 2011.*

LE BAR PARFAIT, *L'atelier In8, collection Polaroid, 2011.*

ZIGZAG, *coécrit avec Marc Villard, Rivages/Noir, 2010.*

COLÈRE DU PRÉSENT, *Éditions Baleine, 2010.*

HOLIDAY, *Éditions Baleine, 2010.*

TRAINS DE VIE : L'ESCAUT EN DEVENIR, *photographies de Yohanne Lamoulère, Éditions Invenit, 2010.*

LES COMPAGNONS DU VEAU D'OR : *première et seconde parties, Éditions Baleine, 2010.*

CINQ BIÈRES, DEUX RHUMS, *Éditions Baleine, Le Poulpe n° 261, 2009.*

LA VENGEANCE DU CASSE-CROÛTE, *Éditions La Branche, 2008.*

LA RÉCUP', *Éditions Fayard, 2008, Points Seuil, collection Roman noir, n° 2219.*

FEUQUE !, *Éditions Mare Nostrum, 2008.*

MES SOIXANTE HUÎTRES, *Éditions Folies d'encre, 2008.*

AU PIED DU MUR, *Éditions Belin, collection Charivari, 2008.*

1664, LA BATAILLE DE CRONENBOURG, *Antoine de Kerversau Éditeur, 2008.*

LES ÉCRIVAINS VUS DU CIEL, *Antoine de Kerversau Éditeur, 2008.*

TOHU-BOHU, *coécrit avec Marc Villard, Éditions Rivages, 2008.*

NUS, *Éditions Fayard, 2008.*

FRATELLI, *dessins de Joe G. Pinelli, Éditions Estuaire, 2006.*

LE PETIT BLUFF DE L'ALCOOTEST, *Éditions La Branche, collection Suite Noire, 2006.*

AVEC UNE POIGNÉE DE SABLE, *Les Contrebandiers, 2006.*

PING-PONG, *coécrit avec Marc Villard, Éditions Rivages, 2005.*

L'EXPÉDITION SANDERS-HARDMUTH, *Antoine de Kerversau Éditeur, 2005.*

SIROP DE LIÈGE, *illustrations de Joe G. Pinelli, Éditions Estuaire, 2005.*

LA VIE PAYENNE, *Noir urbain, Autrement, 2004.*

LA FARCE DU DESTIN, *en collaboration avec Patrick Raynal, vol. 1 et 2, Les Contrebandiers, 2004.*

JE HAIS LE CINÉMA, *ADK, 2004.*

NYCTHÉMÈRE, *Les Contrebandiers, 2004.*

TRAIN PERDU, WAGON MORT, *Vie du rail, 2003, Points Seuil n° 1897.*

LE MERLE, sous le pseudonyme d'Arthur Keelte, *L'Atalante, 2002.*

L'ANGOISSE DU BANC DE TOUCHE AU MOMENT DU COUP D'ENVOI, *Baleine, 2002.*

SUR LE QUAI, *Terre de brume, collection Granit Noir, 2002.*

COMME JEU, DES SENTIERS, *Liber Niger, 2002.*

EN HAUT DUMAS, *Éden, collection Noir Prestige, 2002.*

1280 ÂMES, *Éditions Baleine, 2000, Points Seuil.*

LA CHASSE AU TATOU DANS LA PAMPA ARGENTINE, *Éditions Baleine, collection Canaille Revolver, 1999, Folio Policier, nº 381.*

LA PETITE ÉCUYÈRE A CAFTÉ, *Éditions Baleine, collection Le Poulpe, 1998, Librio, 2004.*

À SEC ! (SPINOZA ENCULE HEGEL). LE RETOUR, *Éditions Baleine, collection Canaille Revolver, 1998, Folio Policier, nº 149.*

CENDRES CHAUDES, *Le Ricochet, 1998.*

LE BIENHEUREUX, *L'Atalante, 1998.*

LE JOUR DE L'URUBU, *La Loupiote, 1997.*

SPINOZA ENCULE HEGEL, *Éditions Baleine, collection Canaille Revolver, 1996, Folio Policier nº 127.*

PALMIERS ET CROCODILES, *Clo, 1994.*

54 x 13, LE TOUR DE FRANCE, *L'Atalante, 1996.*

CINQ NAZES, *L'Atalante, 1990.*

LA VIE DURAILLE, *avec Daniel Pennac et Patrick Raynal, Fleuve Noir, 1985.*

Composition Interligne
Impression Novoprint
le 05 mars 2018
Dépôt légal : mars 2018

ISBN 978-2-07-278249-7/Imprimé en Espagne.

331829